Niemals Nimmerland

von Serena Valentino

CARLSEN

Die Reihenfolge der Villains-Bestseller
von Serena Valentino:

Die Schönste im ganzen Land
Das Biest in ihm
Die Einsame im Meer
Das Geheimnis der Dunklen Fee
Das verzauberte Haar
Das Geheimnis der Schwestern
Cruella, die Teufelin
Das Herz so kalt
Niemals Nimmerland
Empor aus der Unterwelt
Fangt das Biest!
Gebrochenes Herz

First published in 2022
Die deutsche Ausgabe erscheint im:
Carlsen Verlag GmbH, Völckersstr. 14–20, 22765 Hamburg

Originaltitel: Never Never
Text von: Serena Valentino
Übersetzt von: Ellen Kurtz

Lektorat: Imke Sörensen
Redaktion: Constanze Steindamm
Cover: awendrich grafix, Hamburg
Satz: Pinkuin Satz und Datentechnik, Berlin
Herstellung: Nadine Beck
ISBN 978-3-551-28074-9
carlsen.de

*Gewidmet meinen wundervollen Leser*innen für ihre unerschütterliche Liebe, Unterstützung und Begeisterung für diese Reihe. Ich liebe euch und weiß euch mehr zu schätzen, als ihr es euch jemals vorstellen könnt. Danke.*

Prolog

Aus dem Buch der Märchen

Captain James Hook

Captain James Hook möchte verlautbaren lassen, dass er der mutigste Mann ist, der je eine Piratenflagge gehisst hat. Doch wir kennen die Wahrheit. Wir können in die wankelmütigen Herzen der Männer sehen, und wir schreiben ihre Geschichten. Wir sind die Verdrehten Schwestern, mächtige Hexen, Schöpferinnen der Schicksale und die Autorinnen dieses Buches der Märchen. Wenn ihr diese Geschichten in der Reihenfolge lest, die wir vorherbestimmt haben, werdet ihr euch daran erinnern, dass wir uns in der Zwischenwelt befinden – dem Ort zwischen dem Reich der Lebenden und den Landen hinter dem Schleier. Obwohl viel Zeit vergangen ist, seit unsere Tochter Circe sich selbst geopfert hat, um die Vielen Königreiche zu retten, verweilen wir weiterhin als Gefangene an diesem Ort, mit nur einem einzigen unserer magischen Spiegel, um zu sehen, was in der Welt dort draußen vor sich geht. Nicht, dass wir ihn brauchen – diese Geschichten haben sich in unsere Seelen gebrannt, denn wir haben sie geschrieben, und wir haben Mittel und Wege gefunden, unseren Einfluss in den Vielen Königreichen spürbar zu machen – und in den Ländern darüber hinaus. Aber vorerst genug von unserer eigenen Geschichte. Dies ist die Geschichte von Captain James Hook.

James war nicht immer der Mann, der er heute ist, immerzu ausgetrickst von den Verlorenen Jungs, reingelegt von ihrem schelmischen Anführer Peter Pan oder verfolgt von einer tiefen und unbändigen Angst vor einem bösartigen Krokodil mit einer tickenden Uhr im Bauch. So schwierig es sich auch vorzustellen sein mag, es gab eine Zeit, da war James eine äußerst tapfere Seele und einer der gefürchtetsten und angesehensten Piraten, die je die sieben Weltmeere befahren haben. Doch diese Geschichten wurden von seinen Missgeschicken in Nimmerland überschattet, von seinem Ruf, ein feiger „Erwachsener" zu sein. Unsere Geschichte konzentriert sich auf die Zeit, bevor James den Weg nach Nimmerland gefunden hat, denn ihr wisst bereits, was geschah, sobald er dort auftauchte. Die Abenteuer von Peter Pan und seinem Erzfeind Captain Hook sind überall bekannt. Was ihr aber nicht wisst, ist, wie James zu Captain Hook wurde und wie er sich diesen Namen verdient hat.

James wurde das Leben eines Piraten nicht in die

Wiege gelegt. Er wuchs in London auf, einem recht gewöhnlichen, nicht-magischen Reich, wo er als Sohn eines großen Lords und einer Lady auf die Welt kam, lange vor Lady Tremaine und Cruella de Vil, aber nicht allzu verschieden von deren Erziehung. Ihr werdet bemerken, dass sich die letzten drei Einträge in diesem Buch der Märchen in der Zeit zurückbewegen anstatt nach vorn. Aber wie ihr schon bald feststellen werdet, ist Zeit in den magischen Reichen nicht von Bedeutung, und weniger noch für jene, die über die Ländereien herrschen, in denen die Magie so dicht ist wie im Wald der Toten in den Vielen Königreichen.

Wie bei so vielen Kindern in aristokratischen Haushalten lag James' tägliche Betreuung in den Händen einer Amme, einer Nanny, die sich jeglicher Bedürfnisse des Kindes annahm. Bei einem ihrer täglichen Spaziergänge durch den Park wurde die Aufmerksamkeit von James' Amme abgelenkt. Als sie wieder zu ihrem Schützling sah, musste sie feststellen, dass James aus seinem Buggy – oder auch Kinderwagen, je nachdem, wo auf der Welt ihr diese Geschichte lest – verschwunden war.

Wie ihr euch vorstellen könnt, säte James' Verschwinden Verzweiflung in die Herzen seiner Familie. Der kleine James wurde sechs Tage lang vermisst. Für seine Eltern waren es sechs herzzerreißende Tage. Aber nach allem, was man so hört, waren es die sechs glorreichsten Tage in James' gesamtem Leben … und sind es noch bis zum heutigen Tag.

In all der Zeit, die wir nun schon Märchen in diesem Buch niederschreiben, ist eines der entzückendsten Dinge, die wir über London gelernt haben, die Tatsache, dass es für ein nicht-magisches Reich erstaunlich häufig von der Magie anderer Welten berührt wird. Wenn zum Beispiel in London ein Junge aus seinem Kinderwagen fällt, wird er an einen Ort namens Nimmerland gebracht. Und sollten seine Eltern ihn nicht innerhalb von sieben Tagen zurückfordern, wird er dort bleiben und fortan als ein Verlorener Junge gelten.

Wie wir finden, eine durchaus sinnreiche Lösung, denn wer sonst sollte sich um kleine Jungen kümmern? Mit Sicherheit nicht die edlen Feen des Feenreiches, deren Aufmerksamkeit beinahe vollständig von jungen Mädchen in Beschlag genommen wird – bis auf die Blaue Fee, aber sie ist in mehr Fällen als nur diesem die Ausnahme –, und wir Hexen haben keine Zeit, uns mit schmuddeligen kleinen Jungs herumzuärgern. Wir vermuten, dass der Feenrat aus diesem Grund eine widerspenstige kleine Tinkerfee mit Namen Tinkerbell geschickt hat, um sich um die

Jungen im Nimmerland zu kümmern. Zwei Fliegen mit einer Klappe, wie es so schön heißt: Der Feenrat hat jemanden, der sich um die kleinen Rabauken kümmert, die sich einfach weigern, erwachsen zu werden, *und* sich eine Fee vom Hals geschafft, die die Gute Fee und ihre drei Lieblinge missbilligen. Das ist nicht ungewöhnlich für das Feenreich, wie ihr vielleicht bereits gelesen habt oder in diesem Wälzer noch lesen werdet, solltet ihr euch entschließen, ihn genauer unter die Lupe zu nehmen. Aber wir wollen an dieser Stelle nicht noch mehr Zeit mit der Guten Fee und ihresgleichen verschwenden. Stattdessen werden wir uns ganz auf James konzentrieren und auf sein erklärtes Ziel, Nimmerland zu finden.

Für uns war Nimmerland ein unbedeutender Ort, voller übellauniger und törichter kleiner Jungs, die niemals erwachsen werden wollen – und das irgendwie auch niemals tun. Das schien das gesamte Ausmaß der Magie dort zu sein, soweit wir wussten, mit Ausnahme von Tinkerbells magischem Feenstaub. Daher machte es uns nicht viel aus, dass es uns vom Feenrat verboten war, dorthinzureisen. Aber als James begann, unsere Aufmerksamkeit auf sich zu ziehen, wandte sich unser Blick gen Himmel, zum zweiten Stern rechts und dann geradeaus bis zum Morgen.

Wie ihr euch vorstellen könnt, übte ein Ort wie

Nimmerland einen gewissen Reiz auf den jungen James aus.

Als er in London aus seinem Kinderwagen fiel, verbrachte er sechs Tage im Nimmerland. Es war ein Ort voller Abenteuer, wo er in Tierhäuten herumlief und mit den Verlorenen Jungs allerlei Unfug trieb. Es war weitaus reizvoller als sein Leben in London mit seiner steifen Amme. Liebend gern hätte er den Rest seiner Tage dort verbracht, aber unglücklicherweise wurde er von seinen Eltern gefunden, am sechsten Tag, und zurück nach Hause gebracht. Wenn er nur einen einzigen weiteren Tag verschwunden geblieben wäre, hätte Nimmerland ihn für sich beansprucht, und er wäre für immer ein Verlorener Junge geblieben. Aber sein Schicksal war es, erwachsen zu werden.

James sollte nie darüber hinwegkommen, Nimmerland hinter sich lassen zu müssen. Visionen von dem Leben und den Abenteuern, die er hätte haben können, verfolgten ihn bis zur Besessenheit und bis ins Erwachsenenalter hinein. Er machte es sich zur Lebensaufgabe, nach Nimmerland zurückzukehren, und er gab seine Suche niemals auf.

Als James älter wurde, setzte er es sich zum Ziel, alles nur Erdenkliche über Nimmerland und darüber, wie er es wiederfinden könnte, herauszufinden. Aber die Geheimnisse von Nimmerland sollten immer außer Reichweite bleiben. Er fand nichts als Gerüchte, die verdächtig nach Ammenmärchen klangen und sich um die Abenteuer von Peter Pan drehten. Abenteuer, die, wie James fand, seine eigenen hätten sein sollen und die man ihm ungerechterweise gestohlen hatte, als man ihn fand und zurück nach Hause brachte. Gerade, als er schon die Hoffnung aufgeben wollte, Nimmerland jemals wiederzufinden, entdeckte James wie durch Magie Geschichten über Piraten in den Regalen der Bibliothek seines Vaters. Er war wie gebannt von diesen ruchlosen Piraten, denen man nachsagte, mysteriöse und magische Lande anzusteuern. Er war begeistert von den Geschichten über die tapferen Männer und Frauen, die auf hoher See nach Schätzen suchten und Abenteuer erlebten, in seiner Welt und darüber hinaus.

Für James' Eltern, die ihn zu einem anständigen jungen Gentleman erzogen, war das natürlich undenkbar. Er wurde auf die besten Schulen geschickt, erst nach Eton und dann auf das Balliol College in Oxford, und nach seinem Abschluss wurde von ihm erwartet, dass er sich eine wohlhabende junge Frau suchte, um sie zu heiraten. Wie so viele betitelte Familien waren auch James' Eltern mit dem Unterhalt eines großen Anwesens mit den entsprechenden Ländereien belastet – ohne über die finanziellen Mittel zu verfügen, dies zu stemmen. Selbstverständlich würden sie sich nie dazu herablassen, zu arbeiten, und so blieb ihnen einzig die Option, die Tochter einer reichen Familie als Ehefrau für ihren Sohn zu finden, um ihren Familiensitz zu retten. Aber James hatte andere Pläne. Er wollte Pirat werden.

James las jedes Buch über Piraten und ihre Schiffe, das er in die Finger bekommen konnte, und verfolgte eisern sein Ziel, auch den erfahrensten Piraten mit seiner Kenntnis der Kartographie, Navigation, Schiffstakelage, Artillerie und Rangordnung der Crew beeindrucken zu können. Und natürlich machte er sich durch die Erzählungen ihrer Heldentaten und Abenteuer mit ihren hinterhältigen und heimtückischen Methoden vertraut. Seine Zeit in Eton und auf dem Balliol College stellte sich als äußerst nützlich für seine Recherche heraus. Bereits in jungen Jahren hatte er alles in der Bibliothek seines Vaters gelesen. Nun stellte er erfreut fest, dass ihm während seiner Zeit in der Schule in den riesigen und umfangreichen Bibliotheken eine völlig neue Welt der Bücher zur Verfügung stand. Aber seine Bildung und seine zuweilen obsessive Liebe zu Büchern brachte James noch einen weiteren Nutzen, den er nicht erwartet hatte. Er wurde zu einem exzellenten Geschichtenerzähler und stellte fest, dass er über beinahe jedes Thema mit einer

Thema mit einer gewissen Autorität sprechen konnte, da er seine Meinung stets mit den Fakten untermauern konnte, die ihm wie von selbst aus einem der zahlreichen Bücher im Gedächtnis geblieben waren, die er im Laufe der Jahre verschlungen hatte. Mit anderen Worten, er war ein guter Redner, woraus er größten Stolz zog. Je mehr James über Piraten las, desto mehr war er davon überzeugt: Wenn irgendjemand ihm dabei helfen konnte, Nimmerland zu finden, dann nur ein Pirat. Ihm fiel niemand anders ein, der mehr von der Welt gesehen oder interessantere Menschen getroffen hatte. Was James nicht erwartet hatte, war, dass ihn seine Abenteuer schließlich in die Vielen Königreiche führen würden, einen wahrhaftig magischen Ort, der seinesgleichen suchte. Aber wir greifen zu weit vor.

James' eigentliches Abenteuer begann am Abend seines Abschlusses von Balliol College. Für seine Familie hätte es eigentlich keine Überraschung sein dürfen, als ihr Butler ihnen an diesem Abend den Abschiedsbrief überreichte, den James ihnen neben einem Stapel Piratenbücher hinterlassen hatte. Nichtsdestotrotz waren sie gleichermaßen schockiert wie entsetzt. Wer hingegen nicht im Mindesten überrascht war, war besagter Butler, denn er war es, der wahrhaftig gewusst hatte, wofür James' Herz schlug, seit er ein Junge gewesen war.

Liebste Mama, liebster Papa,
heute folge ich meiner wahren Berufung. Zu dem Zeitpunkt, da Ihr diese Zeilen lest, hoffe ich bereits auf bestem Wege zu sein, meinen Traum zu erfüllen, meinen Mut gegen tückische Wasser und noch gefährlichere Feinde zu beweisen, auf meiner Suche nach dem stets so flüchtigen Nimmerland, dem Ort, von dem ich überzeugt bin, dass ich dorthingehöre. Ich trage einen erbitterten Kampf in meinem Herzen aus, der mich davon abhält, es Euch zum Vorwurf zu machen, dass Ihr Anspruch auf mich erhoben habt, bevor ich zu einem Verlorenen Jungen werden konnte. Ich rufe mir ins Gedächtnis, dass Ihr dies nur aus Liebe zu mir getan habt, aber ich kann es nicht über mich bringen, das Leben zu führen, das Ihr für mich vorgesehen habt. Bitte seid gewiss, dass ich Euch nicht aufgegeben habe, und ich entziehe mich auch nicht meinen Pflichten gegenüber unserer Familie. Ich habe einen Weg gefunden, das Leben zu führen, das ich mir ersehne, und zugleich meinen Pflichten nachzukommen. Ich werde ein Pirat sein. Seid versichert, dass ich Euch meine Beute zukommen lassen werde, während ich die Ozeane bereise in dem Bestreben, Nimmerland ausfindig zu machen.
Getreulich der Eure,
James

Kapitel I

Die Krustige Kröte

James hätte wohl kaum mehr fehl am Platz wirken können, als er die Krustige Kröte betrat, ein berüchtigtes Etablissement im schlimmsten Teil von London, in dem bekanntermaßen Piraten verkehrten. Es war eine schmuddelige Spelunke mit dreckigen, ölverschmierten Holzdielen und -tischen, spärlich beleuchtet und gefüllt mit den ungehobeltsten Kerlen, die James je zu Gesicht bekommen hatte. All seine Bücher hätten ihn nicht auf die Art von Männern vorbereiten können, die er an diesem Abend traf. Sie hatten ihn jedoch darauf vorbereitet, wie er sich in der Gesellschaft von Piraten zu kleiden und wie er zu reden hatte, und er war recht zufrieden mit sich, dass er sich die Mühe gemacht hatte, sich angemessen auszustatten und mit ihrem Jargon vertraut zu machen. Er hatte recherchiert, welche Livree für den Dienst an Bord eines Piratenschiffes die richtige war, und sie in einem kleinen Laden am Eaton Square erworben, in dem es allerlei faszinierende Gegenstände mit interessanten Geschichten gab, darunter auch den verwegenen schwarzen Piratenmantel, den er an diesem Abend trug. Die versammelten Männer waren alle von recht derbem Äußeren, mit Kleidung, die von langem Tragen und Schlachten verschlissen war. James hatte das Gefühl, dass er in seiner brandneuen Livree aus der Menge hervorstach, und obwohl er sich große Mühe gegeben hatte, nicht den auffälligsten Mantel zu kaufen, war er trotzdem um Längen besser gekleidet als die anderen Männer vor Ort. Besonders zwei der Piraten wirkten noch wettergegerbter und garstiger als der Rest, und sie beäugten James mit unverhohlenem Interesse, als er die Krustige Kröte betrat – ein Pirat mit buschigem Bart und dunklem Haar und ein rothaariger Gauner mit einer frischen, schrecklich anzusehenden Wunde quer über dem Gesicht. James ließ seinen Blick nicht zu lange auf diesen ruchlosen Männern verweilen, aus Angst, sie zu kränken. Er holte tief Luft, als er an den Piraten vorbeiging und seine Schritte von johlendem Gelächter begleitet wurden, höchstwahrscheinlich hervorgerufen von seinem makellosen und nagelneuen weißen Piratenhemd, dem langen schwarzen Gehrock mit Gürtel und strahlenden Silberknöpfen und den glänzenden schwarzen Piratenstiefeln, die er schon früher in dieser Woche besorgt hatte.

Noch einmal dachte James zurück an den kleinen Laden am Eaton Square mit all den Kuriositäten, die sein Interesse geweckt hatten. Er war dort gewesen, um eine richtige Piratengarderobe zu erstehen, und zufrieden mit seiner Anschaffung. Beinahe hätte er einen roten Gehrock mit goldenen Aufschlägen gekauft, hatte dann aber der Versuchung widerstanden, ihn anzuprobieren, denn er wusste, dass er ihn kaufen würde, wenn er sich einmal in dem Teil gesehen hatte, und er wusste auch auf den ersten Blick, dass dies ein Mantel für einen Captain war. Vielleicht würde er eines Tages, wenn er sich die Ränge hochgearbeitet hatte und zum Captain befördert worden war, zurückkehren und den Gehrock kaufen, aber in der Zwischenzeit begnügte er sich mit den Sachen, die er trug. Er war sogar stolz darauf – zumindest war er das gewesen, bis die Piraten in der Krustigen Kröte ihn ansahen, als wäre er ein Eindringling oder eine Art Betrüger. *Achte nicht darauf*, dachte er. *Vielleicht sind sie einfach nur neidisch, dass ich mich so vortrefflich ausgestattet habe.*

James nahm in einer dunklen Ecke Platz, legte seinen kleinen Beutel mit Habseligkeiten neben sich auf der hölzernen Bank ab und zog ein Buch daraus hervor, um es zu lesen. Er zögerte, bevor er es ablegte, da er selbst in dem trüben Kerzenlicht sehen konnte, dass der grobe Holztisch von einer schmierigen Fettschicht überzogen war. Also zog er sein Taschentuch hervor und breitete es auf dem Tisch aus, damit der Schmutz sein geliebtes Buch nicht besudelte. Gerade als er sein Buch aufschlagen wollte, näherte sich ihm eine ältere Frau mit langem, ungebändigtem grauen Haar. Sie trug ein eng geschnürtes blaues Kleid mit einem grünen Mieder, fleckig und voller Dreck, da sie keine Schürze umgelegt hatte.

„Was darf's denn sein, Gov'nah?“, krächzte sie, und James fragte sich, ob dies die Namensgeberin des Etablissements war, denn für ihn klang und wirkte sie wie eine krustige Kröte.

„Was können Sie empfehlen?“, fragte er, woraufhin das krächzende Gelächter der alten Frau den Raum erfüllte.

„Na, Sie sind mir ein Herzchen, was, Süßer? Sind Sie sicher, dass Sie hier richtig sind?“, fragte sie, augenscheinlich erheitert, und warf einen Blick über die Schulter auf die Piraten, die miteinander lachten und immer wieder in James' Richtung sahen.

„Ich bin mir vollkommen sicher“, erwiderte er mit einem verschmitzten Grinsen und hoffte, dass die Piraten ihn gehört hatten.

„Männer wie diese hier können es nicht gut leiden, wenn man sich über sie lustig macht, und am wenigsten bei Leuten, die sich für was Besseres halten“, sagte sie und lehnte sich dabei etwas zu weit zu ihm herüber, was James höchst unangenehm war. Er versuchte, vor ihr zurückzuweichen, und fiel dabei beinahe von seiner

Bank, was die Frau mit den widerspenstigen Haaren und die Piraten mit neuerlichem Gelächter quittierten. Das Geräusch ihres rauen, heiseren Gelächters jagte ihm einen Schauer über den Rücken, aber er richtete sich auf und verlieh seiner Stimme den Klang von Autorität.

„Ich versichere Ihnen, gute Frau, dass ich nichts dergleichen im Sinn habe." Er rutschte zurück auf seinen Platz auf der Bank. „Ich bin wie jeder andere Mann hier auch", sagte er, zupfte sich die Ärmelaufschläge zurecht und bemerkte, dass es ihm nicht im Ansatz gelungen war, die alte Frau davon zu überzeugen, dass er hierhergehörte.

„Okay, Liebster. Sie können nicht behaupten, ich hätte Sie nicht gewarnt. Also, was kann ich Ihnen bringen?", fragte sie kopfschüttelnd.

James sah ihr an, dass sie ihn für vollkommen fehl am Platze hielt, und in ihm stieg die Sorge auf, dass die anderen Piraten im Raum wahrscheinlich ganz ähnlich empfanden.

Mehrere kleine Tische standen wahllos im Raum verteilt, mit einem großen in der Mitte, um den ein Großteil der Kundschaft beieinandersaß. Es war eine recht bunt zusammengewürfelte Truppe von Piraten, und während viele von ihnen lachten und Geschichten austauschten, gab es auch ein paar, die bedrohlich zu James herübersahen. Einer, der rothaarige Pirat mit dem tiefen Schnitt im Gesicht, schien ein besonderes Interesse an ihm zu haben. James tat sein Bestes, dem Mann nicht mehr als einen weiteren flüchtigen Blick zuzuwerfen, und konzentrierte sich stattdessen auf die krächzende Bedienung.

„Bringen Sie mir die Spezialität des Hauses und eine Runde Erfrischungen für alle hier", sagte James mit erhobener Stimme, damit die Piraten ihn hören konnten, was ihm jedoch kaum mehr als ein paar hochgezogene Augenbrauen und skeptische Blicke von den Piraten an dem großen Tisch einbrachte.

„Sicher doch, Gov'nah", sagte sie und schlurfte davon, während sie etwas vor sich hinmurmelte, das James über das Krächzen ihrer Stimme und das grölende Gelächter von der Gruppe Piraten nicht verstehen konnte.

Alles in allem, dachte James, *habe ich einen guten Start hingelegt.* Es war ihm gelungen, sich eine angemessene Piratenausstattung zuzulegen, und er hatte den Ort gefunden, an dem sie zwischen ihren Beutezügen Rast machten. Alles, was er jetzt noch tun musste, war, sich eine Position auf einem ihrer Schiffe zu sichern. Die Dinge liefen genau so, wie er es geplant hatte, und er war außerordentlich froh mit sich.

In dem Moment kam jemand durch die hölzernen

Doppeltüren des Etablissements gestürzt und brüllte wieder und wieder James' Namen. Jedes Augenpaar im Raum richtete sich auf den untersetzten kleinen Mann mit dem grauen Haar in seiner Butlergarderobe.

„Master James, Master James, sind Sie hier?", rief der korpulente kleine Mann, während er sich hektisch im Raum umsah.

James schämte sich in Grund und Boden. Sein Magen verkrampfte sich, als es im Raum still wurde. James sank auf seinem Platz in sich zusammen, während sich sämtliche Blicke der versammelten Piraten auf ihn richteten. So hatte er sich das nicht vorgestellt. Er hatte vorgehabt, ein paar der Männer in ein Gespräch zu verwickeln, sobald die Bedienung mit ihren Getränken zurückkehrte.

„Was spielen Sie hier für ein Spiel, Master James?", fragte der kleine Mann, das Gesicht puterrot und die Stirn nass vor Schweiß. „Warum in aller Welt sind Sie ausgerechnet *hier*?"

„Ja, *Master James*, was für ein Spiel *spielen* Sie hier?", fragte einer der Piraten an dem großen runden Tisch. Er wirkte nicht wie die Sorte Mann, der James auf die Zehen treten wollte, deswegen reagierte er nicht. Allmählich bereute er es, überhaupt hergekommen zu sein.

„Also hat der junge Master beschlossen, ein bisschen Pirat zu spielen?", fragte ein anderer Pirat lachend und schlug einem seiner Kameraden kräftig auf den Rücken, sodass dieser etwas von dem Getränk verschüttete, das er gerade an die Lippen gesetzt hatte.

„Sieht ganz so aus, als hätte er das hier mit ’ner schicken Kostümparty verwechselt!“, mischte sich ein weiterer Mann am Tisch ein.

James fühlte sich schrecklich gedemütigt. Das war nicht die Art und Weise, wie sein Abenteuer hatte beginnen sollen – oder der Eindruck, den er hinterlassen wollte. Alles war fürchterlich schiefgegangen, und er wusste nicht, wie er es wieder in Ordnung bringen sollte.

Glücklicherweise erschien die krächzende alte Frau genau im richtigen Augenblick mit einem Tablett voller Erfrischungen. Sie stellte es vor den Piraten auf dem Tisch ab und sagte: „Mit besten Grüßen von Master James.“ Die Piraten hoben ihre Humpen und ließen sie mit Schwung zusammenkrachen.

„Auf den gefürchteten Piraten Master James!“, johlten sie.

James spürte, wie sein Gesicht heiß wurde. Diese Männer lachten über ihn, aber wahrscheinlich war das immer noch besser, als kurzerhand hinausgeworfen zu werden, bevor sein Abenteuer überhaupt begonnen hatte.

„Auf Sie, Gentlemen!“, erwiderte er, hob sein Glas

und setzte es dann mit einem Krachen wieder auf dem Tisch ab, bevor er den Butler mit einem zornigen Blick bedachte. „Setzen Sie sich, Mr. Smee, Sie haben schon genug Aufmerksamkeit auf mich gelenkt", sagte er und verdrehte dabei die Augen. „Was haben Sie hier verloren?" Sein Blick huschte kurz zu dem großen Tisch hinüber, um zu sehen, ob die Piraten ihm immer noch Beachtung schenkten.

Mr. Smee schnaubte. „Was ich hier verloren habe? Was haben *Sie* hier verloren, Sir? Ihre Mutter ist außer sich vor Kummer und Sorge. Es ist, als wäre sie in die Zeit zurückgereist, als Sie noch ein kleiner Junge waren, verschwunden für diese schrecklichen sechs Tage." James sah, dass der Mann sich ernsthaft um ihn sorgte, aber er bezweifelte, dass seine Eltern sich um irgendetwas anderes Gedanken machten als den Skandal, der über die Familie hereinbrechen würde, wenn herauskam, dass er sich aus dem Staub gemacht hatte, um Pirat zu werden.

„Und ich nehme an, sie haben Sie geschickt, um mich ausfindig zu machen? Was rede ich da, natürlich haben sie das getan. Sie würden es nicht wagen, ihr großes Haus in Verruf zu bringen. Was würden ihre Freunde denken, wenn sie davon wüssten?" James stieß ein bitteres Lachen aus.

Smee erwiderte nichts, er bedachte James nur mit

einem Blick, der diesem allzu vertraut war und den er James schon als kleines Kind zugeworfen hatte. Eine Mischung aus Mitleid und Sorge.

„Was hat Papa gesagt, als er den Brief gelesen hat?", fragte James mit einem teuflischen Funkeln in den Augen. „Nein, warten Sie, lassen Sie mich raten, etwas in der Art von ‚Ein Pirat? Was ist das nun wieder für ein Humbug?' Habe ich recht?" James ließ ein herzhaftes Lachen hören, aber Smee wirkte nicht amüsiert.

„Wenn ich mir die Frage erlauben darf, Sir, wie genau gedenken sie überhaupt ein Pirat zu werden? Ich nehme an, Sie sitzen einfach hier und warten darauf, dass man Sie dingsdaheit – oder wie auch immer man das nennt", erwiderte Smee, die Augenbrauen über seinem roten Gesicht zusammengezogen. Der arme Mann schwitzte, als wäre er den gesamten Weg über gerannt.

„Es heißt *schanghait*, Smee", sagte James leise, in der Hoffnung, dass die Piraten an dem großen Tisch das Interesse verlieren würden, wenn sie ihre Unterhaltung nicht länger mitanhören konnten. „Smee, mein guter Mann, warum befinden Sie sich in diesem Zustand?", wechselte James rasch das Thema.

„Ich war auf der Suche nach Ihnen, Master James. Ich bin durch ganz London gelaufen und habe Sie gesucht."

„Und vertrauen auf meine Eltern, Sie mitten in der

Nacht loszuschicken, noch dazu zu Fuß. Sie hätten Ihnen zumindest eine Kutsche zur Verfügung stellen können", sagte James mit einem Kopfschütteln. Aber Smees Konzentration galt nach wie vor James.

„Wie sieht also der Plan aus, wollen Sie sich schanghaien lassen?", fragte er lautstark, woraufhin die große Gruppe Piraten in neuerliches Gelächter ausbrach.

„Selbstverständlich nicht, machen Sie sich nicht lächerlich", zischte James, der sich in diesem Moment nichts sehnlicher wünschte als die Fähigkeit, sich in Luft aufzulösen. Er hasste es, dass Smees Gebaren die falsche Art von Aufmerksamkeit von eben jenen Männern auf sie zog, die er beeindrucken wollte. Er hatte sich diese Nacht im Laufe der Jahre so viele Male ausgemalt, und das hier verlief nicht einmal ansatzweise so, wie er es sich vorgestellt hatte. Er hatte seine Reise noch nicht einmal angetreten, und schon war sie zum Scheitern verurteilt.

Der rothaarige Pirat am anderen Ende des Raumes legte ein besonderes Interesse an seiner Unterhaltung mit Smee an den Tag. Schon seit James' Ankunft schnitt er Grimassen und machte abfällige Gesten in seine Richtung. „Lord Nobelgamaschen hier will Pirat werden!", tönte der Mann und tat dabei so, als wäre er ein edler Lord und kein kampferprobter Pirat. Er hatte einen langen roten Bart und kleine, durchdringende schwarze Knopfaugen. Die klaffende Wunde, die ihm quer über das Gesicht lief, sah aus, als hätte jemand versucht, ihm den Schädel glatt in zwei Teile zu spalten. „Viel Glück, einen Captain zu finden, der jemanden von deinesgleichen auf sein Schiff lässt. Ich würde den Sohn eines Keksfressers nicht mal mein Deck schrubben lassen!", verkündete er und brachte damit die anderen Männer an seinem Tisch so heftig zum Lachen, dass einige von ihnen ihre Getränke ausspuckten.

James war in der gleichen Manier wie andere seines Standes dazu erzogen worden, niemals Emotionen zu zeigen und stets die Ruhe zu bewahren, ganz gleich, wie die Umstände auch sein mochten. Aber dieser Pirat hatte ihn in seiner Ehre verletzt, und dies jagte einen Stoß aus Zorn und Stolz durch seine Glieder, den er so nicht erwartet hatte. Er wusste, dass er ein besserer Pirat war als jeder einzelne dieser Männer. Obwohl er sein Wissen noch nie in die Tat umgesetzt hatte, war er ein Mann, der wusste, wovon er sprach.

„In der Tat, guter Mann!", sagte James, der sich erhob, um seinen Worten Nachdruck zu verleihen. „Ein alter Seebär wie Sie hat mehr Verstand als das, denn ich bin keine einfache Decksratte!" James hatte seine Stimme erhoben und begegnete ihren Blicken, aber die Piraten lachten bloß noch lauter.

Er fühlte, wie Smee an seinem Ärmel zupfte, um ihn dazu zu bewegen, sich wieder hinzusetzen, aber James war voller Wagemut, und er würde nicht zulassen, dass ihn irgendetwas daran hinderte, Nimmerland zu finden. Er hatte alles gelesen, was es über die Piraterie zu wissen gab, und er würde sich von diesen derben alten Männern nicht einschüchtern lassen. Sein ganzes Leben lang hatte er von diesem Moment geträumt. Dies war seine Gelegenheit, und er hatte nicht vor, sie zu verschwenden. Er musste diesen Männern beweisen, aus welchem Holz er geschnitzt war, und tun, was er am besten konnte. Reden.

„Sie sollten wissen, dass ich ein Meister der Kartographie bin und über umfassende und detaillierte Kenntnisse der Schiffsanatomie und Waffentechnik verfüge", fuhr er fort und wich keinen Zentimeter zurück, obwohl er sich jetzt Auge in Auge mit dem rothaarigen Piraten wiederfand, der zu James' Tisch gekommen war. Bei näherer Betrachtung erkannte James, dass die Wunde des Mannes noch immer dabei war, zu heilen. Sie eiterte und verströmte einen faulen Gestank, als er sich näher zu James herüberbeugte, um mit ihm zu sprechen. Es wirkte, als bestünde sein Gesicht aus zwei verschiedenen Einheiten, die versuchten, zusammenzuwachsen. James war angewidert, als der grobschlächtige alte Mann das Wort ergriff.

„Wisst ihr, was dieser Trottel redet? Er redet Unsinn", sagte der Pirat mit erhobener Stimme, sodass die anderen ihn deutlich verstehen konnten, obwohl er James weiterhin direkt ins Gesicht sah.

Aber James ließ sich nicht so leicht einschüchtern. Er stand stolz da und erwiderte: „Da bin ich anderer Ansicht. Ich bin Absolvent des Balliol College, und ich rede keinen Unsinn, Sir. Im Gegenteil, ich versichere Ihnen, dass ich ganz genau weiß, wovon ich spreche". Dabei hielt er die Stellung und weigerte sich, auch nur einen Zentimeter vor dem fauligen Atem des rothaarigen Piraten zurückzuweichen.

„Balliol College, sagst du? Na, das macht natürlich einen gewaltigen Unterschied! Was jedes Schiff braucht, ist einen Rektor", meinte ein anderer Pirat mit einem langen braunen Bart, dessen Beschaffenheit an trockenes, moosbewachsenes Geäst erinnerte.

Die anderen Piraten grölten, als sie nun ebenfalls auf die Füße kamen und sich James' Tisch näherten. Smee blickte zunehmend nervöser, aber James hielt weiter sein Plädoyer.

„Ich habe jedes Buch zum Thema Piraten und ihre Schiffe gelesen, das es gibt, und kann Ihnen versprechen, dass ich ein Gewinn für jede Crew wäre", sagte er, den Kopf hoch erhoben und beinahe platzend vor Stolz.

Aber die Piraten lachten nur noch lauter.

„Da stimme ich zu!", ertönte eine tiefe, heisere Stimme aus einer dunklen Ecke des Raumes, deren Klang das Gelächter der Männer im Keim erstickte und den rothaarigen Piraten voller Furcht vor dem geheimnisvollen Mann zurückweichen ließ.

„Aye, vielleicht haben Sie recht, Sir", murmelte er und versetzte seinem Freund mit dem Bart einen auffordernden Stoß in die Rippen. James sah, dass auch die anderen Piraten im Raum sich vor diesem Mann fürchteten, und zwar so sehr, dass der bloße Klang seiner Stimme sie rasch an ihre Tische zurückscheuchte.

„Ich bin auf der Suche nach einem Bootsmann, und ich könnte einen gebildeten Mann gebrauchen." Der Mann mit der tiefen, heiseren Stimme tauchte aus den Schatten auf. Er war ein großer, kräftig gebauter Mann, vollständig in Schwarz gekleidet, mit langem schwarzem Haar und Bart. Sein Gesicht war wettergegerbt, von tiefen Furchen durchzogen, und seine Augen waren dunkel und durchdringend. James wusste augenblicklich, wer er war, obwohl die Illustrationen in den Zeitungen ihm nicht einmal im Ansatz gerecht wurden.

„Es ist mir eine Ehre, Euch kennenzulernen, Captain Blackbeard. Ich bin James", sagte er und streckte die Hand aus.

Blackbeard lachte. Es war ein dröhnendes, heiteres

Lachen, das sein Gesicht auf eine Art aufleuchten ließ, die James nicht erwartet hatte.

„Das ist ein schrecklicher Name für einen Piraten", sagte er. „Also, verrate mir, James, warum möchtest du Pirat werden?" Er ließ sich neben Smee nieder, wobei er den armen Mann unbehaglich gegen die Wand drückte. James folgte rasch seinem Beispiel und setzte sich ebenfalls wieder.

„Ich will Nimmerland finden", erklärte er und wünschte sich augenblicklich, er hätte es nicht getan. Das Letzte, was er wollte, war, wie ein Narr zu klingen. Es war sein Traum, unter Blackbeard und seinesgleichen zu dienen, und er konnte sein Glück kaum fassen, hier über ihn gestolpert zu sein. Er wollte seine Chance nicht mit Gerede über Märchen vertun. Blackbeard war einer der gefürchtetsten und grausamsten Piraten, von denen James je gelesen hatte. Es war kaum zu glauben, dass er sich tatsächlich mit ihm unterhielt, ganz zu schweigen davon, dass er James für einen Posten in seiner Crew in Betracht zog. Und er war nicht annähernd so, wie James ihn sich vorgestellt hatte, als er von seinen Raubzügen gelesen hatte.

„Dieser Grund ist so gut wie jeder andere – und äußerst ehrlich, muss ich sagen. Aber lass uns dein Wissen auf die Probe stellen, ja, und ein für alle Mal beweisen, dass du ein Mann bist, der weiß, wovon er spricht." James bemerkte das verschlagene Glitzern in Blackbeards Augen und wusste, dass es hier vor allem darum ging, vor den anderen Piraten im Raum eine gute Show abzuliefern, die allesamt verstummt waren, aus Angst vor Blackbeards Zorn.

„Es wäre mir eine Ehre, Sir." James richtete die Manschetten seines Piratenhemds, strich sein Revers glatt und wappnete sich für Blackbeards Fragen.

„Wie lautet die korrekte Bezeichnung für den gekreuzten Totenkopf, der auf den Flaggen an Schiffen wie dem meinen prangt?"

„Jolly Roger, Sir! Obwohl der Ursprung des Namens von Rätseln umgeben ist. Es wird viel darüber diskutiert, wie dieser Name zustande kam. Ich persönlich bin der Ansicht, dass der Name von *Old Roger* abstammt, einer frühen Bezeichnung für Hades."

Blackbeard lächelte bei seiner Antwort und beäugte die anderen Piraten, die gebannt zuhörten und finstere Mienen zogen, es aber nicht wagten, auch nur ein Wort zu sagen. James erkannte, dass Blackbeards Ruf wohlverdient war und schon das kleinste Anzeichen von Missfallen ausreichte, um die Männer in die Schranken zu weisen.

„Was ist mit dem Ausdruck *über die Planke gehen* gemeint?"

„Nun, Sir, obwohl viele die romantische Vorstellung pflegen, dass Piraten wie Ihr selbst ihre Gegner über die Planke gehen lassen, so ist es doch kein richtiger Piratenbrauch, nicht wahr? Meine Recherche hat ergeben, dass Ihr die Person viel eher geradeheraus tötet, sie kielholen lasst oder sie ganz einfach über Bord werft."

Blackbeard stieß ein herzhaftes Lachen aus „Wie recht du hast! Und was ist *kielholen*?"

„Das, Sir, ist eine Form der Bestrafung, bei der jemand am Kiel des Schiffes vom Bug bis zum Heck durch das Wasser gezogen wird. Und ich möchte noch hinzufügen, dass das Wort sich vom niederländischen Wort *kielhalen* ableitet."

„Ja, James, das ist genug über das Kielholen. Wie lautet der Piratenkodex?"

„Wenn ich mich nicht täusche, Sir, dann verfügt jedes Schiff über seinen eigenen Verhaltenskodex, der von seinem Captain festgelegt und von der Crew bestätigt wird. Ich freue mich auf die Gelegenheit, Euren kennenzulernen."

„Was ist wertvoller, eine Schatzkarte oder eine Seekarte?"

„Als ein Meister der Kartographie würde ich sagen, eine Seekarte, Sir, zumal Piraten es sich kaum zur Gewohnheit machen, ihre Schätze zu vergraben, oder so töricht wären, eine Karte anzufertigen, die jemanden direkt dorthinführen würde, sollte sie einem Dieb in die Hände fallen. Schätze werden für gewöhnlich an Bord aufbewahrt und unter der Crew aufgeteilt."

„Wer ist der furchterregendste Pirat auf der Welt?"

„Das ist Edward Teach, Sir. Was äußerst passend ist, da es mir eine Ehre wäre, eine so exzellente Ausbildung von jemandem wie Euch zu erhalten, während ich als Teil Eurer Crew diene, solltet Ihr Euch entschließen, mich anzuheuern."

Dieses Mal reichte die Furcht der Piraten, Blackbeard zu verstimmen, nicht aus, um ihr Gelächter und Gejohle zu unterdrücken.

„Jeder weiß, dass Blackbeard der am meisten gefürchtete Pirat auf der ganzen Welt ist!", tönte der rothaarige Pirat. Aber noch bevor James ihn korrigieren konnte, rammte einer seiner Kameraden ihm den Ellenbogen in die Seite und murmelte: „Das ist Blackbeards Name."

Blackbeard schüttelte den Kopf und lachte. James spürte, dass dieses riesige, eindrucksvolle Ungetüm von einem Mann von seiner Kenntnis beeindruckt war und ihn vielleicht sogar mochte – oder ihn zumindest amüsant fand. Welche dieser Möglichkeiten auch immer zutraf, James hoffte, dass er sich damit einen Platz auf Blackbeards Schiff verdient hatte.

„Wir setzen im Morgengrauen die Segel, falls du

dich meiner Crew anschließen möchtest", sagte Blackbeard. Dann fügte er hinzu: „Und ich nehme an, dass du nach all deiner Lektüre auch weißt, was ein Bootsmann ist?"

„Aye, Sir, das tue ich! Es wird mir eine Ehre sein, Eure Ausstattung und Eure Crew zu beaufsichtigen." James konnte kaum glauben, dass er diese Unterhaltung tatsächlich gerade führte, noch dazu mit einem Piraten, über den er so viel gelesen hatte – und genau mit dem Captain, den er zu treffen gehofft hatte. Es war, als wäre alles so vorhergesehen, als wäre es bereits lange vorherbestimmt, dass dies der Pfad war, den er einschlagen sollte. Das gab ihm das Gefühl, die richtige Wahl getroffen zu haben.

„Es ist auch an der Zeit, dass ich jemanden mit ein bisschen Verstand an meiner Seite habe. Meine Männer sind erfahrene Seeleute und Kämpfer, daran besteht kein Zweifel, aber sie sind keine großen Denker. Ich könnte jemanden wie dich gut gebrauchen", sagte er und zwinkerte James zu. „Ach, und James, wenn du deinen Butler hier mitbringst, so besorge ihm etwas Anständiges zum Anziehen. Ich habe so das Gefühl, dass du auch so schon einen Hadesspaß mit meinen anderen Teerjacken haben wirst, ohne dass sie wissen, dass dein Butler an Bord ist." Blackbeard lächelte und schüttelte den Kopf.

Kapitel II

Ein Piratenleben für Smee

Smee wartete unruhig darauf, sich mit James zu treffen, damit sie gemeinsam an Bord von Blackbeards einschüchterndem Schiff, der *Silent Wraith*, gehen konnten. Sie war ein gewaltiges schwarzes Schiff mit schwarzen Segeln, die sich wie tanzende Geister lautlos in der Brise blähten und so ihrem Namen alle Ehre machten. Am furchterregendsten aber war die große Schnitzerei eines Skeletts, des Wächters des Schiffes, die den Bug zierte.

Dies war wohl die letzte Wendung, von der Smee erwartet hatte, dass sein Leben sie nehmen würde, als er vor so vielen Jahren seine Karriere im Dienst eines großen Herrenhauses angetreten hatte. Er begann, wie die meisten jungen Bediensteten, als Stiefelknecht in einem großen, beeindruckenden Haus. Smee arbeitete sich die Leiter hinauf, stellte unter Beweis, dass er fähig, sorgfältig und zuverlässig war und – am wichtigsten von allem – loyal zur Familie stand. Dass er erst zum Diener und schließlich zum Butler befördert wurde, erfüllte ihn mit großem Stolz. Und jetzt schloss er sich einer Piratencrew an. Er sah sogar danach aus:

James hatte ein schlecht sitzendes blau-weiß gestreiftes Hemd für ihn aufgetrieben, dazu eine kurze blaue Hose und eine fesche rote Kappe. Smee kam sich lächerlich vor. Und nichts von alldem fühlte sich so richtig real an.

Während er nun dort stand, wartete und versuchte, die Schmetterlinge in seinem Bauch zu besänftigen und die nagende Stimme in seinem Kopf zu ignorieren, die ihm einredete, dass es vollkommen töricht war, sich auf eine so gefährliche Reise zu begeben, rief er sich rasch ins Gedächtnis, dass er dies nur tat, um James zu beschützen. Smee konnte es James wohl kaum zum Vorwurf machen, dass er sich mehr von seinem Leben erhoffte. Das Leben, das seine Eltern sich für ihn ausgemalt hatten, hatte noch nie zu ihm gepasst. Sie hatten ihren Sohn nie verstanden, aber zu ihrer Verteidigung ließ sich vorbringen, dass James sich auch nie viel aus seinen Eltern gemacht hatte.

Nichtsdestotrotz entwickelte Mr. Smee ein beinahe väterliches Interesse an James und gab sich alle Mühe, dem Jungen zu helfen, wo er nur konnte. Tief im Herzen hatte Smee eine Schwäche für James. Er war schon immer ein merkwürdiger kleiner Junge gewesen, der nichts mehr liebte als zu lesen, und einmal davon abgesehen, dass er als Kind ständig aus seinem Kinderwagen fiel, war er wirklich ein guter Junge.

Allerdings hatte James einen guten Grund dafür, so häufig aus seinem Kinderwagen zu fallen, den er Smee eines verregneten Nachmittags anvertraute, als seine Amme James nach Hause brachte. Sie war vollkommen durchnässt und weinte.

„Ich weiß nicht, warum Master James ständig aus seinem Kinderwagen fällt. Ich könnte schwören, Mr. Smee, dass er es mit Absicht macht“, klagte sie, während sie mit bekümmerter Miene und Tränen in den Augen dastand. Smee kannte diesen Gesichtsausdruck schon von mehreren von James' früheren Ammen, von denen er bereits einige gehabt hatte. Es würde nicht mehr lange dauern, bis auch diese ihre Kündigung einreichte. Nicht, dass James an diesem Punkt noch eine Amme gebraucht hätte. Mit fünf Jahren war es an der Zeit, dass er eine richtige Gouvernante bekam, und die Zeit für Kinderwagen war längst vorüber.

„Aber, aber, kein Grund zu weinen. Warum bringe ich Master James nicht nach oben, während Sie sich dieser nassen Sachen entledigen?“, fragte Smee. Die Amme brachte ein schwaches Lächeln zustande.

Seine Ammen wirkten immer recht niedergeschlagen, nachdem der junge Master aus seinem Kinderwagen gefallen war, und wer konnte es ihnen verübeln?

Und nur bei diesen Anlässen, wenn James von seiner jeweiligen Amme nach einem Sturz aus dem Kinderwagen nach Hause gebracht worden war, hatte Smee den jungen Master als übellaunig oder verdrießlich erlebt. Smee war stets davon ausgegangen, dies liege daran, dass es ein recht unangenehmes Erlebnis sein musste, aus einem Kinderwagen zu fallen. Dies war nicht das erste Mal, dass eine von James' Ammen angedeutet hatte, dass er mit Absicht herausgefallen war, aber es war das erste Mal, dass Mr. Smee diese Möglichkeit ernsthaft in Betracht zog.

Als sie oben in James' Zimmer waren, brachte Mr. Smee das Thema zur Sprache. „Also, Master James, die Amme sagte, dass Sie erneut absichtlich aus Ihrem Kinderwagen gefallen sind. Ist das wahr?"

„Natürlich ist das wahr, Mr. Smee! Wie sonst soll ich nach Nimmerland zurückkehren?"

Nun mag man einwenden, dass dies eine recht gewählte Ausdrucksweise für jemanden ist, der jung genug ist, um in einem Kinderwagen durch die Gegend geschoben zu werden. Und für gewöhnlich würden wir dem zustimmen, zumindest bei einem normalsterblichen Kind, doch dafür gab es eine vollkommen logische Erklärung. James' Eltern und seine Erzieher waren über alle Maßen fürsorglich, nachdem James für diese sechs Tage verschwunden gewesen war, sodass er weit länger als üblich noch in einem Kinderwagen herumgeschoben wurde. Außerdem war er, nach allem, was man hörte, ein sehr begabter und frühreifer junger Mann. Obwohl er zu der Zeit gerade fünf Jahre alt war, hätte man dies niemals vermutet, wenn man ihn reden hörte. Alle hätten geschworen, er sei viel älter. Für den jungen James muss es seltsam gewesen sein, dass man ihn wie ein Kleinkind behandelte, aber mit ihm sprach wie mit einem Erwachsenen. Doch es ging einfach nicht anders, als so mit ihm zu reden, aufgrund seiner für einen so jungen Menschen beeindruckenden Persönlichkeit und seines immensen Wortschatzes.

„Also, was ist das für ein Unsinn, Master James? Nimmerland, also wirklich! Was für eine blühende Fantasie Sie doch haben!", sagte Mr. Smee und läutete nach einem Dienstmädchen.

„Es ist wahr, Mr. Smee. Ich war dort. Es ist ein absolut magischer Ort. Ich hatte noch nie so viel Spaß wie an meinen Tagen in Nimmerland", beteuerte James. Smee konnte ihm ansehen, dass er die Wahrheit sagte – oder dies zumindest glaubte. Soweit Smee wusste, war nichts Falsches an James. Er sagte immer die Wahrheit, manchmal zu seinem eigenen Nachteil.

„Und was hat es mit Nimmerland zu tun, aus seinem Kinderwagen zu fallen, wenn ich fragen darf?", erkundigte er sich, während er einen Satz frischer Kleidung für James bereitlegte.

„So gelangen Jungen nach Nimmerland, Mr. Smee! Sie fallen aus ihren Kinderwagen, und wenn sie nicht innerhalb von sieben Tagen wieder abgeholt werden, bleiben sie dort."

„Und wie werden sie wieder abgeholt?" Smee konnte nicht anders, er war fasziniert.

„Ihre Mütter holen sie natürlich ab, genauso wie Mama es mit mir gemacht hat."

„Was wäre geschehen, wenn sie Sie niemals abgeholt oder es erst nach den sieben Tagen versucht hätte?"

„Sie hätte weiter vergebens nach mir gesucht, denn zu diesem Zeitpunkt beansprucht Nimmerland eine Seele für immer. Am siebten Tag."

„Nun, dem Himmel sei Dank, dass ihre Ladyschaft Sie gefunden hat, Master James. Ich weiß nicht, was wir getan hätten, wenn Sie uns für immer verloren gegangen wären."

„Ich schon! Ich würde mit meinen Freunden in Nimmerland spielen", sagte James.

Smee lächelte den Jungen an und fragte sich, wo er nur diese Ideen herhatte. Er nahm an, dass es dem jungen James nicht schaden konnte, diese ulkigen Vorstellungen zu hegen. *Was kann es schon schaden?*, dachte er. Und natürlich dauerte es nicht allzu lange, bis James schlicht und ergreifend zu alt war, um in einem Kinderwagen durch die Gegend geschoben zu werden, und er sich gezwungen sah, seine Versuche, Nimmerland auf diese Weise zu finden, aufzugeben.

Als es James nicht länger möglich war, aus seinem Kinderwagen zu fallen, begann die Zeit des exzessiven Lesens. Aber auch das schien Smee keine allzu schlechte Sache zu sein, obgleich es seine Eltern zu irritieren schien. Sie wünschten, James würde sich an den Dingen erfreuen, an denen sich die anderen jungen Männer in ihren Kreisen erfreuten. Aber James konnte sich nicht für die Fuchsjagd begeistern, und auch die feine Gesellschaft in Salons inspirierte ihn nicht.

Smee lachte, als er an diese Zeiten zurückdachte, und wunderte sich, dass es ihn überhaupt überraschte, mit dem jungen Master in eine Piratencrew aufgenommen zu werden. Er konnte nicht einmal mehr sagen, wie oft James beim Dinner wegen seines unablässigen Geredes über Piraten – ganz gleich, wie ehrwürdig die Gäste gewesen waren – auf sein Zimmer geschickt worden war. Oder wie viele Theateraufführungen über Piraten Mr. Smee und die anderen Bediensteten sich angesehen hatten, bei denen James seine Lieblingsszenen von Schlachten nachspielte, während er einen langen schwarzen falschen Bart trug und so tat, als wäre er sein Lieblingspirat. Nichts vermochte James' Begeisterung einen Dämpfer zu versetzen, ganz gleich, womit seine Eltern ihm drohten oder wie sehr sie ihn bestraften.

Es kam eine Zeit, da James auch während der Ferien in der Schule gelassen wurde, weil seine Eltern schon die Vorstellung nicht ertrugen, sich mit dem unablässigen Gerede über Piraten herumzuärgern. Aber Smee wusste, dass James dies nicht als Strafe empfand, da er die Gelegenheit, ununterbrochen zu lesen, ohnehin der ermüdenden Parade hochrangiger Gäste vorzog, von denen seine Eltern erwarteten, dass er sie umschmeichelte. Natürlich hätte James sie umschmeicheln können, wenn er gewollt hätte – Smee war sich sicher, dass James alles erreichen konnte, was er sich einmal in den Kopf gesetzt hatte. Aber sein junger Master war außerordentlich fokussiert, und seine gesamte Aufmerksamkeit war dem Traum gewidmet, Nimmerland zu finden.

Smee nahm seine Urlaubstage häufig zu dieser Zeit und besuchte James insgeheim auf der Schule, brachte ihm Bücher mit, von denen er wusste, dass sie ihm gefallen würden. Nicht selten hatte er auch einen Korb voller Leckereien von ihrer Köchin daheim im Gepäck. Smee genoss diese Zeit mit James, in der es nur sie beide gab. Er konnte ihm stundenlang zuhören, während dieser über die Themen redete, die ihn begeisterten. Smee hegte keinen Zweifel, dass James alles darüber wusste, was es hieß, ein Pirat zu sein. Aber es war vollkommen ausgeschlossen, dass Smee ihn allein auf diese Reise ins Ungewisse gehen lassen würde, auch wenn er inzwischen ein erwachsener Mann war. Denn in Smees Augen würde James immer der kleine Junge bleiben, der aus seinem Kinderwagen gefallen war.

Smee wurde aus seinen Tagträumen gerissen, als ein äußerst erwachsener James zu guter Letzt den Steg betrat. Smee sah, wie er um die Ecke kam. Seine Stiefel klackerten dumpf auf dem Holz, der schwarze, samtene Gehrock flatterte im Wind. Für Smee sah James von Kopf bis Fuß wie ein richtiger Pirat aus, und er war zuversichtlich, dass James sich schon bald als fähiges Mitglied von Blackbeards Crew beweisen würde. Verblüfft stellt der alte Butler fest, dass er stolz auf James war. Hier war er nun und machte sich mit Mut im Herzen auf seine Reise, ließ das Leben, das er kannte, hinter sich zurück, um sich seinen Traum zu erfüllen. Tatsächlich hätte Smee nicht stolzer sein können.

„Master James, Sie geben einen schneidigen Piraten ab", sagte Smee lächelnd.

„Das liegt daran, dass ich ein schneidiger Pirat *bin*, Mr. Smee", erwiderte James mit einem Grinsen.

„Ganz recht, Master James. Es macht ganz den Anschein, als wären wir das nun alle beide", erwiderte

Smee und wünschte bloß, James hätte etwas Würdevolleres für ihn zum Anziehen gefunden.

„Sie müssen nicht mit mir mitkommen, Mr. Smee“, sagte James. „Es ist noch nicht zu spät, um es sich anders zu überlegen.“ Aber Smee wollte nichts davon hören. „Ihre Eltern würden es mir nie verzeihen, wenn ich ohne Sie nach Hause käme, Sir. Und ich würde mir selbst nie vergeben, wenn etwas geschehen sollte und ich nicht da wäre, um Sie zu beschützen. Nein, wir stecken gemeinsam in dieser Sache drin“, sagte Smee und reckte das Kinn in die Höhe.

„Dann lassen Sie uns unsere Reise antreten, Mr. Smee! Wir werden gefährliche Wasser befahren und ferne Länder voller Abenteuer besuchen. Wer weiß, was uns erwartet? Schreckliche Gegner, monströse Kreaturen, verzauberte Küsten!“

„Und lass uns die Schätze nicht vergessen, James, riesige Haufen sagenumwobener Schätze!“, brüllte Blackbeard vom Heck des Schiffes.

„Aye, Sir! Erlaubnis, an Bord zu kommen, Captain?“, fragte James auf die altmodische Weise, was Blackbeard ein Schmunzeln entlockte.

„Erlaubnis erteilt, für dich und Mr. Smee“, sagte Blackbeard mit einem Zwinkern.

Zu seiner Überraschung verspürte Smee ein schreckliches Gefühl böser Vorahnung, als würden sie einen entscheidenden Fehler begehen. In diesem Moment wollte er nichts lieber, als seinen Master bei der Hand zu packen und ihn nach Hause zurückzuschleifen. Plötzlich kam es ihm so vor, als sei alles einfach zu perfekt, als ob all das schon vor langer Zeit von ungesehenen Mächten so geplant worden sei. Dieses Gefühl jagte Smee einen Schauer über den Rücken und säte in ihm die nagende Furcht, dass James sich auf einen gefährlichen Pfad begeben hatte.

Aber er brachte es nicht über sich, diese Ängste mit James zu teilen. Alles, woran er denken konnte, war der kleine Junge, der sich in seinem Zimmer in den Schlaf weinte. Denn ganz gleich, wie oft er auch aus seinem Kinderwagen fiel, er konnte Nimmerland nie wiederfinden. Wie könnte Smee da die Person sein, die sich seinem Traum in den Weg stellte? Tief in seinem Herzen wusste er zudem, dass nichts sich James in den Weg stellen konnte, nicht einmal sein alter Freund Mr. Smee. James würde Nimmerland finden, um jeden Preis, und Smee wollte dabei sein, um James auf jedem Schritt des Weges zu helfen.

Kapitel III

Der Große Leviathan

Die *Silent Wraith* durchschnitt die rauen Wellen wie ein Geist, der über dem Nebel schwebte. Blackbeards Schiff hatte etwas Übernatürliches an sich, das James nicht recht beschreiben konnte. Beinahe ein Jahr war vergangen, seit James sich Blackbeards Crew angeschlossen hatte, und dies war der erste Abend, an dem der Captain ihn aufgefordert hatte, ihm beim Dinner Gesellschaft zu leisten. Smee hatte in der Kombüse das Kommando übernommen, gab den Männern unter Deck Befehle und kam jedem von James' und Blackbeards Wünschen nach. Er hatte gerade ein wahres Festmahl für die beiden Männer aufgetischt, und Blackbeard langte gierig zu, ließ Essen in seinen Bart kleckern und wischte es mit der Manschette seines Ärmels weg. James sah in stillem Entsetzen zu, während er in seinem eigenen Essen herumstocherte.

James hegte die Hoffnung, dass Blackbeard ihn eingeladen hatte, mit ihm zu speisen, weil er ihn bitten wollte, sein Erster Maat zu werden. Der Erste Maat speiste für gewöhnlich mit dem Captain, aber sie hatten Rusty Jones vor weniger als zwei Wochen in der

Karibik an eine andere Crew verloren, und nun war die Position vakant.

James genoss sein Leben als Pirat sogar noch mehr, als er erwartet hatte. Obwohl die Crew ihn nicht gerade in ihrer Mitte willkommen geheißen hatte, schien sie doch zumindest sein Können und Wissen zu respektieren. Als er jetzt in Blackbeards Quartier saß, dachte er an den Tag zurück, an dem Captain Blackbeard ihn der Crew vorgestellt hatte.

„Hört mal her! Wir haben einen neuen Bootsmann. Sein Name ist … James. Ich erwarte, dass ihr seine Befehle genauso befolgt, als würden sie direkt von mir stammen. Habt ihr verstanden? Und bei den Göttern, verpasst ihm einen anständigen Piratennamen!" James erkannte einige der Männer vom Vorabend wieder, darunter den rothaarigen Piraten mit der tiefen Wunde quer über dem Gesicht.

„Ich glaube, meinen Ersten Maat, Rusty Jones, hast du schon kennengelernt", sagte Blackbeard. James stieß ein Seufzen aus. Es war ausgerechnet der Pirat, den er in der Krustigen Kröte getroffen hatte und der ihn von allen am wenigsten leiden konnte.

„Wir wurden einander noch nicht vorgestellt. Erfreut, Ihre Bekanntschaft zu machen, Mr. Jones", sagte James. Rusty verdrehte die Augen und blickte finster drein. James konnte unschwer erkennen, dass es

Rusty nicht gefiel, James in der Crew zu haben. „Mir ist bewusst, dass wir einen holprigen Start hingelegt haben, aber lassen Sie mich Ihnen versichern, dass ich gedenke, einen Gewinn für diese Crew darzustellen, und dass ich Ihnen und diesem Schiff treu dienen werde. Mein umfassendes Wissen der Piraterie steht Ihnen zur vollen Verfügung, Mr. Jones. Scheuen Sie sich nicht, mit Ihren Fragen auf mich zuzukommen, wenn Sie das Bedürfnis verspüren", schloss James, was Rusty mit einem angewiderten Kopfschütteln quittierte.

„Ich werd's mir merken, *Rektor*", sagte Rusty und ging davon.

„Mach dir nichts draus, James. Seit unserem Zusammenstoß mit Calico Jacks Crew hat seine Laune einen neuen Tiefpunkt erreicht", sagte Blackbeard, sehr zur Erheiterung der anderen Männer.

„Meine Rede. Ich hätte auch schlechte Laune, wenn ich mich von einer Frau hätte überlisten lassen, geschweige denn von zweien", griente Wibbles, ein stattlicher Kerl mit einem breiten Lächeln, buschigem schwarzem Backenbart und ebensolchen Augenbrauen.

„Sprechen Sie von Anne Bonny und Mary Read? Sie sind berüchtigt für ihre Kampfkünste. Mr. Jones hat keinen Grund, sich zu schämen. Nach allem, was ich über die beiden gelesen habe, kann er sich glücklich schätzen, die Begegnung überlebt zu haben", sagte James.

„Also, ich würde ihn lieber nicht darauf ansprechen", warnte Wibbles und sah sich um, ob Rusty noch in Hörweite war.

„Nun, er sollte sich nicht schämen. Wussten Sie, dass einige der bekanntesten Piraten Frauen sind? Nehmen Sie zum Beispiel Grace O'Malley. Das ist eine tapfere Frau – sie hat um eine Audienz bei Königin Elizabeth gebeten und verlangt, dass man ihren Bruder und ihre Söhne, die man gefangengenommen hatte, wieder freilässt. Die Königin hat sie freigelassen. Das muss man sich einmal vorstellen!", erzählte James, der sich endlich in seinem Element fühlte und über seine größte Leidenschaft sprach. Aber die Männer wirkten nicht interessiert.

„Danke für die Geschichtsstunde, *Professor*", sagte der noch am freundlichsten aussehende Mann der Crew. Er trug einen goldenen Ohrring, hatte eine lange, spitze Nase und steckte in einem gelb-rot gestreiften Hemd. „Ich bin Skylights, und das hier sind Bill Jukes, Turk, Mussins, Black Murphy, Starkey und Damien Salt", sagte er und deutete nacheinander auf die versammelten Männer, die wie zur Antwort ein leises Grunzen ausstießen.

„Es ist mir eine Freude, Sie kennenzulernen, Gentlemen“, sagte James und verneigte sich mit gezogenem Hut und einer ausladenden Handbewegung vor den Männern, die daraufhin in schallendes Gelächter ausbrachen.

„Guten Abend, *Professor James*“, sagten sie alle in einem spottenden Tonfall wie bockige Schulkinder.

„Das reicht, Männer“, sagte Blackbeard. „Jetzt alle Mann auf ihre Posten. Wir machen uns auf die Suche nach der *Dreaded Queen*!“

Blackbeards Stimme holte James zwischen zwei mächtigen Schlucken aus seinem Humpen in die Gegenwart zurück. „Woran hast du gedacht, James?“, fragte er und verschüttete etwas von seinem Getränk in seinen langen schwarzen Bart.

„Ich habe über meine ersten Tage hier nachgesonnen“, sagte James, den Kopf immer noch gefüllt mit den Bildern, die seine Erinnerungen heraufbeschworen hatten.

„Du würdest wahrscheinlich besser mit der Crew zurechtkommen, wenn du aufhören würdest, Wörter wie *nachgesonnen* zu benutzen“, sagte Blackbeard lachend.

„Ich hatte nicht erwartet, dass auf einem Piratenschiff so gutes Essen serviert wird“, sagte James, um das Thema zu wechseln.

„Warum sollten wir nicht wie die Könige speisen?", fragte Blackbeard, zog ein Stück Brot durch den Fleischsaft auf seinem Teller und stopfte es sich in den Mund, während James sein Steak sorgfältig in mundgerechte Stücke schnitt.

„Aus dir ist ein beeindruckender Pirat geworden, James. Ich wusste, dass du ein Gewinn für meine Crew sein würdest. Du hast dich in unserem Handgemenge mit der *Dreaded Queen* gut geschlagen", fuhr er fort und stopfte sich eine weitere großzügige Ladung Essen in den Mund.

„Vielen Dank, Sir", sagte James und tupfte sich die Mundwinkel mit seiner Serviette ab.

„Wir wären jetzt auf dem Treibenden Friedhof, wenn du nicht gewesen wärst. Der Befehl, den du Jukes gegeben hast, war genial. Woher hast du gewusst, dass ein Überschuss an Schießpulver in diesen Fässern lagerte?", fragte Blackbeard.

„Ihr hattet erwähnt, in welchem Hafen die *Dreaded Queen* gerüchteweise zuletzt gesehen wurde, und der ist dafür bekannt, einer der größten Lieferanten in der Region zu sein", erwiderte James, stolz auf seine rasche Schlussfolgerung.

„Du bist ein kluges Köpfchen, James, das muss ich dir lassen", sagte Blackbeard.

„Was ist der Treibende Friedhof, Sir? Ihr sagtet, dass wir jetzt dort wären, wenn die Dinge nicht zu unseren Gunsten gelaufen wären“, fragte James und schenkte sich noch einen Drink ein.

„Das wären wir auch. Wenn du Jukes nicht befohlen hättest, ihre Pulvervorräte in die Luft zu jagen, hätten wir uns glücklich schätzen können, die Reise dorthin überhaupt hinter uns bringen zu können. Es ist ein Ort, an den alte Schiffe gehen, um zu sterben oder wiedergeboren zu werden. Bete, dass wir ihm keinen Besuch abstatten müssen, nicht für einige Zeit“, erwiderte Blackbeard. „Also, wie ist deine Geschichte, James? Ich weiß, dass du nicht gerne über dein Leben vor deiner Zeit auf meinem Schiff redest, aber ich würde dich gern besser kennenlernen.“ Der Captain sah von seinem Teller auf, ließ ihm aber keine Gelegenheit, zu antworten. „Lass mich raten: Deine Eltern sind Lord und Lady Vonundzu, und sie sitzen zu Hause und wringen die Hände vor Kummer, weil sie befürchten, dass du Schande über ihren guten Namen bringen wirst, sollte je herauskommen, dass du ein Pirat geworden bist“, mutmaßte Blackbeard, spießte ein großes Stück Rindfleisch auf seine Gabel und schob es sich in den Mund.

James lachte. „Das trifft es ganz gut, nur dass Ihr den Part vergessen habt, in dem sie mich an die erste wohlhabende junge Lady verheiraten, die mich nehmen würde.“

„Na, das versteht sich von selbst, mein Junge. Meine Familie hat das Gleiche mit mir versucht, als ich meine Studien abgeschlossen hatte", erzählte Blackbeard, den Mund noch immer voller Essen. „Schau nicht so entsetzt drein. Du bist nicht der erste Pirat mit einer anständigen Bildung, der einer guten Familie entstammt. Aber ich bin sicher, das wusstest du schon nach deinem ganzen Gelese." Blackbeard lachte tief und kehlig.

„Das hatte ich noch nicht gelesen, Sir. Ich finde das äußerst spannend." James hatte zum ersten Mal das Gefühl, dass er keine Kuriosität in diesem neuen Leben darstellte, das er führte. Er hatte sich so viele Jahre danach gesehnt, sich aber niemals ausmalen können, wie einsam es sein könnte, von Menschen umgeben zu sein, die seine Interessen nicht teilten. Irgendwie unterschied sich diese Einsamkeit von der, die er in seiner Jugend verspürt hatte. In seinen Augen hatte es Sinn ergeben, dass seine Eltern seine Faszination für die Piraterie nicht teilten. Aber sich endlich seinen wildesten Traum zu erfüllen und ein Pirat zu werden, um dann festzustellen, dass er nichts mit den anderen Piraten gemein hatte, war enttäuschend gewesen. Er war froh, dass er endlich in Blackbeard einen Freund gefunden zu haben schien, zumindest kam es ihm in diesem Moment so vor, und hoffte, dass sie noch mehr

Gelegenheiten wie diese haben würden, einander besser kennenzulernen.

„Du wirst schon bald feststellen, dass die meisten unserer Geschichten sich ziemlich ähneln, James. Ich bin sicher, du wirst bemerken, dass wir alle entweder vor etwas davonlaufen oder auf etwas zu – oder, wie in deinem Fall, beides zugleich. Natürlich würde ich nicht darauf wetten, dass viele der Männer in meiner Crew einen Hintergrund wie wir haben, und ich bin mir ziemlich sicher, dass du der einzige Pirat bist, der jemals seinen Butler mit an Bord gebracht hat." Blackbeard wirkte eindeutig erheitert. „Haben sich die Männer schon ein paar Namen für dich einfallen lassen? Welche, die dir gefallen, meine ich. Ich meine mich daran zu erinnern, dich beauftragt zu haben, dir einen anständigen Piratennamen zuzulegen. Und hier sitzen wir jetzt, fast ein Jahr später, und ich nenne dich immer noch James."

„Keiner der Namen, die die Männer sich haben einfallen lassen, klingt sonderlich seetüchtig, Sir", erwiderte James, was Blackbeard zum Lachen brachte.

„Das kann ich mir vorstellen." Der Captain schenkte sich und James nach und schüttete dann ein wenig davon auf die Bodendielen seiner Kajüte. „Mögen die Götter der See dir also helfen, deinen Piratennamen zu finden, James, und mögest du dich ihm als würdig erweisen", sagte Blackbeard. „Also, was haben die Männer sich bisher so einfallen lassen?"

Blackbeard schien sich köstlich zu amüsieren. Er wirkte wie ein gütiger König in seinem Reich, genoss das Festmahl, das Smee für sie zubereitet hatte, und lachte von ganzem Herzen. Blackbeards Quartier wirkte auf James recht königlich, mit Laternen, die sich über ihren Köpfen wiegten, und dunklen Holzmöbeln, einschließlich eines massiven Bettgestells aus Mahagoni. James fragte sich, wo Blackbeard so ein Bett wohl aufgetrieben hatte, mit seinen geschnitzten Tentakeln und den Meerjungfrauen, die James gezierte Blicke zuwarfen. Der faszinierendste Gegenstand war eine Holzkiste, die auf einem kunstvoll geschnitzten Schreibtisch stand, der zu den Schnitzereien am Bett passte. Das Kästchen mit der geheimnisvollen Schnitzerei eines Auges, das ihn weit weniger anziehend anschaute als die Meerjungfrauen, übte einen gewissen Reiz auf James aus.

„Nun, Sir, Damien Salt nennt mich *der Professor*, und *Rektor* scheint sich unter den Männern einiger Beliebtheit zu erfreuen, und dann wäre da natürlich noch *Master James.* Sie machen sich immer noch gerne über mich lustig, aber die Wahrheit ist, dass es bis auf Euch keinen Mann an Bord gibt, der mehr über Schiffe und ihre Waffen weiß als ich. Und ich werde mich nicht schämen, mein Wissen zu teilen." James gab vor, dies alles mit Humor zu nehmen, aber in Wahrheit war er enttäuscht, dass keiner der Männer ihn ernst nahm, nicht einmal, nachdem er sich während der vergangenen zwölf Monate als fleißiges und würdiges Mitglied der Crew erwiesen hatte.

„Mach dir nichts draus. Es würde vielleicht helfen, wenn du sie nicht ständig mit Fakten bombardieren würdest. Das sind erfahrene Männer, James, sie wissen, wovon sie reden."

Aber Tatsache war, dass James dachte, dass er sich inzwischen bei den Männern bewährt haben müsste, besonders nach ihrer Schlacht mit der *Dreaded Queen*. Er wusste, dass er sich Blackbeards Respekt verdient hatte. Das hatte dieser nach der Schlacht selbst gesagt und gerade eben erneut, aber die Männer schienen seine Leistungen nie zu bemerken, selbst wenn sie ihnen das Leben gerettet hatten.

James konnte sich noch lebhaft an jenen Abend erinnern. Er hatte beobachtet, wie die *Dreaded Queen* in den Wellen versank. Ihre Flammen erloschen wie die einer Kerze, als sie unterging, und bis auf den Captain hatte nicht ein Mann ihn gepriesen.

„Du hast dich in dieser Nacht gut geschlagen, James. Du hast dein Können und deine Gerissenheit genutzt, und du hast die Männer gut befehligt. Ich wusste, dass du ein Gewinn für meine Crew sein wirst, und ich bin froh, dass dein Verhalten mir recht gegeben hat. Die Zeit wird kommen, da du dich vor ihnen mit deinen Taten beweisen wirst, nicht mit deinen Worten. Du bist ein gutes Crewmitglied, du erfüllst deine Aufgabe gut, daran gibt es nichts auszusetzen. Aber die Bande zwischen Piraten werden in den Gefahren großer Schlachten geschmiedet. Dein Tag wird noch kommen", sagte Blackbeard mit einem beschwichtigenden Lächeln.

„War die Feuerprobe mit der *Dreaded Queen* keine große Schlacht?", fragte James.

„Das war sie in der Tat, und wir wären ihrem Kanonenfeuer erlegen, wäre dir nicht der Gedanke gekommen, Jukes zu befehlen, auf ihre Pulverfässer zu zielen. Es gibt kein anderes Schiff, das über so viel Feuerkraft verfügt wie die *Dreaded Queen*, aber zum Glück für uns hatten wir jemanden an Bord, der sie ausgetrickst hat. Aber die Männer sehen in dir immer noch den besserwisserischen Schulmeister, James, nicht jemanden, der an ihrer Seite kämpfen würde."

„Ich weiß nicht, was ich noch tun kann, um den Respekt und das Vertrauen der Männer zu verdienen", entgegnete James frustriert.

„Du hast dich im vergangenen Jahr so gut geschlagen, und auch wenn die anderen Männer es sich nicht anmerken lassen, weiß ich, dass du sie beeindruckt hast. Dein Wissen hat in der kurzen Zeit, die du jetzt bei uns bist, schon viele Leben gerettet, und nicht nur im Kampf mit der *Dreaded Queen*."

„Wo wir gerade von der *Dreaded Queen* sprechen, Sir, sollten wir nicht zurücksegeln …"

Ihre Unterhaltung wurde von einem schrecklichen Krachen unterbrochen.

„Bei Poseidons Bart, was war das?", fragte Blackbeard und sah sich wild um. Das Schiff erbebte heftig, die Laternen über ihren Köpfen schaukelten wie wild hin und her, sodass einige Kerzen darin erloschen.

„Wir werden angegriffen!", brüllte James und versuchte, sich aufzurichten. In diesem Augenblick schoss ein riesiger Tentakel durch die Seite des Schiffes und hätte James durchbohrt, wenn er nicht zu Boden gestürzt wäre.

„Guter Gott, es ist ein *Enteroctopus dofleini*!", keuchte James, kam wieder auf die Beine und streckte Blackbeard, der ebenfalls das Gleichgewicht verloren hatte, eine Hand hin.

„Wovon redest du jetzt wieder, James?", fragte Blackbeard, der wieder auf die Füße kam und das riesige Loch anstarrte, das in der Seite des Schiffes klaffte, und die in der ganzen Kajüte verstreuten Holzsplitter, seine zerstörte hölzerne Kommode und die Holzkiste, die darauf gestanden hatte und nun offen auf dem Boden lag.

„Der Riesenkrake, Sir!“, rief James, woraufhin Blackbeard bloß den Kopf schüttelte.

„Jetzt ist keine Zeit für Lateinstunden! Rauf an Deck mit dir, sieh nach, ob einer der Männer verletzt wurde, und begutachte den Schaden. Ich bin direkt hinter dir!“, brüllte Blackbeard und stürzte auf eine Kiste zu, die in dem Durcheinander umgestürzt war.

James trat unter Deck hervor und mitten hinein ins Chaos. Die Männer rannten wild durcheinander und waren in Panik. Einer der riesigen Tentakel des Kraken hatte sich um das Schiff gelegt, und ein weiterer schlängelte sich den Mast hinauf auf das Krähennest zu, in dem Smee festsaß. James sah, wie der arme Smee entsetzt zusah und überlegte, ob er springen sollte.

„Smee! Was haben Sie da oben verloren?“, schrie James, aber Smee antwortete nicht. Seine ganze Aufmerksamkeit galt dem Tentakel, der sich immer weiter auf ihn zubewegte. „Rühr dich nicht vom Fleck, Smee, ich rette dich!“, brüllte James.

James konnte nur zwei Tentakel sehen, wusste aber, dass diese Kreatur im Besitz weiterer Tentakel war und nicht zögern würde, das Schiff in die Tiefe zu reißen – und dies innerhalb weniger Augenblicke auch problemlos tun konnte.

Er musste rasch handeln.

Sein Blick glitt zu Bill Jukes, der gerade dabei war, eine der Kanonen so auszurichten, dass sie auf den Tentakel zielte, der sich um das Schiff geschlungen hatte und Mullins auf dem Deck festnagelte. Mullins brüllte wie am Spieß und wand sich vor Schmerzen. Jukes würde den armen Kerl in Stücke reißen, wenn er die Kanone abfeuerte.

„Jukes, nicht schießen! Du pustest Mullins noch den Schädel weg und versenkst das ganze Schiff!“, schrie James, als Blackbeard aus seinem Quartier auftauchte und an Deck trat. „Smee, halte durch! Ich rette dich“, rief James abermals und beobachtete entsetzt, wie sich der Tentakel immer weiter auf seinen Gefährten zuschlängelte.

„James hat recht, du Scheißkerl! Feuer einstellen!“, schrie Blackbeard, der die Szene mit einem Blick erfasst hatte und nun zu Mullins stürzte, um ihn unter dem Tentakel herauszuziehen.

„Alles klar bei dir, Mullins?“, fragte Blackbeard, während sein Blick über das Deck huschte und er versuchte, die Situation einzuschätzen.

„Aye, Sir!“, keuchte Mullins und sah hinab auf seine Brust, die von einem klebrigen Zeug bedeckt war.

„Du hattest Glück, dass er dich eingeschleimt hat, Mullins, sonst wäre es mir nie gelungen, dich herauszuziehen." Blackbeard wischte sich die schleimverschmierten Hände an seinem Hemd ab.

„Aye! Danke, Sir!", erwiderte Mullins, dessen Augen beim Anblick eines dritten Tentakels, der sich durch die Steuerbordseite des Schiffes bohrte, das Schiff erbeben und Holzsplitter in sämtliche Richtungen regnen ließ, kugelrund wurden. Hoch oben im Krähennest stieß Smee einen gellenden Angstschrei aus.

„Beim Barte des großen Poseidon!", stieß Mullins atemlos aus und duckte sich rasch unter einem großen zersplitterten Holzstück weg, das haarscharf an seinem Kopf vorbeiflog. Alle Männer riss es von den Füßen, als sich die Explosion aus Holz und Wasser in alle Richtungen ausbreitete.

„Halt dich fest, Smee! Halt dich fest, als ginge es um dein Leben! Mullins, Turk und Starkey, auf die Füße!", brüllte James. „Durchtrennt dort drüben die Takelage und wickelt sie um den Tentakel. Wenn ich den Befehl gebe, zieht mit aller Kraft an dem Takelwerk auf der anderen Seite. Skylights, halte deine Axt bereit, und Jukes, richte die Kanone in diese Richtung aus", befahl James und deutete steuerbord.

Die Männer standen bloß verwirrt da. „Wovon reden Sie jetzt wieder, Rektor?", fragte Starkey, aber Blackbeard schien den Nutzen von James' Plan augenblicklich begriffen zu haben.

„Ihr habt den Mann gehört. Auf eure Positionen, und wer noch einmal James' Befehle hinterfragt, den werfe ich eigenhändig über Bord!", schrie Blackbeard, das Gesicht wutverzerrt.

„Ich hoffe für dich, dass das funktioniert, *Rektor*!", sagte Blackbeard dann mit einem Augenzwinkern an James gewandt.

Sobald es Mullins, Turk und Starkey gelungen war, das Takelwerk zu durchtrennen, wickelten sie die losen Taue um den Tentakel des Kraken. Sie schafften es noch gerade so, sich an den Seilen festzukrallen, als der Krake das Schiff so heftig auf die Seite legte, dass das gesamte Deck geflutet wurde. James konnte nicht sehen, ob Smee immer noch in dem Krähennest hockte, und befürchtete, dass er über Bord gegangen sein könnte. Aber er durfte sich jetzt nicht ablenken lassen und musste einfach auf das Beste hoffen.

„Passt auf, dass es gut festgezogen ist!", rief er und band sich mit seinem Gürtel am Mast fest, um nicht das Gleichgewicht zu verlieren, während das Schiff gewaltsam von einer Seite auf die andere geworfen wurde und mehr und mehr Wasser hineinlief. James fürchtete, dass sie sinken würden.

„Skylights, halt die Axt bereit!", brüllte Blackbeard, der sich nun am Ruder festklammerte, während eine weitere Welle über das Deck spülte. Skylights hob die Axt, richtete den Blick auf James, wartete auf das Signal.

„Jetzt!", rief James und hob eine Hand. Der Mann ließ die Axt auf einen der Tentakel niedersausen, während James den anderen Männern zubrüllte: „Zieht!" Eine riesige Welle brach über ihm zusammen, und er wischte sich das Wasser aus den Augen, um zu sehen, wie die Männer mit vereinten Kräften an der Takelage zogen und den anderen Tentakel in die Luft hoben.

„Jukes! Feuer!", schrie James, als sich das Schiff so heftig zur einen Seite neigte, dass es beinahe vollständig kenterte. Jukes wurde über Bord geworfen, und James war sich sicher, dass ein ähnliches Schicksal auch Smee ereilt haben musste. Er konnte ihn in dem Krähennest nicht mehr erkennen, das jetzt gefährlich nah über dem Wasser schwebte. Alle anderen Männer klammerten sich in Todesangst an der Takelage fest, also machte James sich rasch vom Mast los, zog ein Messer aus seinem Stiefel und bohrte es in das Deck des Schiffes. Zentimeter um Zentimeter kroch er so auf die Kanone zu, die an der höchsten Stelle des Schiffes stand, das inzwischen vollständig auf der Seite lag. James war sich nicht sicher, ob er stark genug war, um die Länge des Schiffes in einem so steilen Winkel zu erklimmen, aber er verfügte über einen eisernen Willen und sagte sich, dass seine Geschichte noch nicht vorüber war. So würde sie nicht enden. Er hatte Nimmerland noch nicht gefunden.

Endlich hatte James sich bis zur Kanone vorgekämpft, die bereits geladen war, aber er konnte die Lunte nicht anzünden. „Die verdammte Zunderbüchse ist nass!", brüllte er und versuchte wieder und wieder, sie zu entzünden. Das Schiff lag noch immer auf der Seite, und er konnte sehen, wie den Männern das Seil, das um den Tentakel des Kraken gewickelt war, langsam, aber sicher durch die müden Finger glitt. Er hörte die Rufe der verzweifelten Männer, die aus allen Richtungen seinen Namen brüllten. Dann sah er Blackbeard am anderen Ende des Schiffes, der um sein Leben kämpfte, während er mit den riesigen Tentakeln rang, die sich um sein Bein und seinen Hals geschlungen hatten. James hatte ihn noch nie so voller Angst erlebt.

„James!", brüllte er und warf James etwas mit seiner freien Hand zu.

„Captain, nein!", schrie James. Er würde den Ausdruck von schierem Entsetzen auf Blackbeards Gesicht nie vergessen, als er unter Wasser gezerrt wurde.

James blickte auf den Gegenstand in seiner Hand hinunter und begriff inmitten all des Chaos, das um ihn herum tobte, dass es sich um eine merkwürdige Zunderbüchse handelte. Ohne einen zweiten Gedanken zu verschwenden, setzte er die Lunte in Brand und richtete die Kanone aus.

„Feuer!", brüllte er. Die Wucht der Kanone riss den Tentakel, der sich um das Schiff geschlungen hatte, entzwei. Er lockerte seinen Griff, und damit schoss das Schiff auf die gegenüberliegende Seite, schaukelte heftig hin und her, bis es schließlich in seiner ursprünglichen aufrechten Position allmählich zur Ruhe kam.

James stürzte auf die Stelle zu, an der er Blackbeard zuletzt gesehen hatte, und sprang, ohne zu zögern, von Bord. Er riss im trüben Wasser die Augen auf und entdeckte den Kraken, der sich vom Schiff entfernte und in die Tiefe entschwand, den verletzten Tentakel hinter sich herziehend. Dicke Wolken aus Blut färbten das Wasser und nahmen James die Sicht, aber er konnte gerade noch die dunkle Gestalt von Blackbeard ausmachen, die leblos wie ein Geist im Wasser trieb. Sein Mantel wallte um ihn.

James schwamm durch den blutverseuchten Ozean auf Blackbeard zu und streckte eine Hand aus, als er nahe genug herangekommen war, um ihn zu berühren. Gerade, als er nach ihm greifen wollte, wurde Blackbeard blitzschnell von einem Tentakel gepackt und außer Sicht in die dunklen Tiefen gezogen. James schwamm so schnell, wie er nur konnte, und folgte der Spur aus Blut, aber er wusste, dass er einen Fehler begangen hatte. Er konnte nicht viel länger unter Wasser bleiben, und vor lauter Blut sah er nichts mehr.

So sollte seine Geschichte nicht enden. Er spürte, wie seine Lungen sich verkrampften. Seine Kräfte ließen rasch nach. Schnell wechselte er die Richtung und schwamm auf die Oberfläche zu. Aber er war Blackbeard zu weit in die Tiefe gefolgt – er würde die Oberfläche niemals erreichen. In diesem Augenblick wusste er, dass seine Geschichte vorüber war, bevor sie überhaupt richtig begonnen hatte. Das Herz schwer vor Bedauern, stieß er den Atem aus, und alles wurde schwarz.

Kapitel IV

Das Krähennest

Voller Entsetzen sah Smee mit an, wie James Blackbeard hinterhersprang. Mit angehaltenem Atem wartete er darauf, dass James' Kopf wieder die Oberfläche durchbräche. Nur Sekunden zuvor hatte der Krake das Schiff auf die Seite gelegt, wodurch das Krähennest auf das Wasser geklatscht war. Smee hatte sich darin zusammengekauert und klammerte sich in Todesangst am Mast fest. Er machte sich so klein wie möglich und betete zum Himmel, dass das Schiff nicht unter Wasser gezogen wurde. Er fühlte sich wie ein Korken, der auf den Wellen trieb.

Smee hatte bereits befürchtet, dass er James eines Tages an Blackbeard verlieren würde, aber nicht auf diese Weise. Er hatte gesehen, wie sehr James und Blackbeard einander respektierten, und war sicher, dass Blackbeard vorhatte, James zu seinem Ersten Maat zu ernennen. Obwohl ihn diese Aussicht für James freute, konnte er nicht umhin, sich zu fragen, was dann wohl aus ihrer Beziehung werden würde.

Rein logisch betrachtet wusste er, dass James es unmöglich überleben konnte, so lange unter Wasser zu bleiben. Trotzdem hatte er das unerklärliche Gefühl, dass James noch am Leben war. Soweit Smee dies beurteilen konnte, schien nichts an James' Leben normal zu verlaufen. Er schien unverschämt viel Glück zu haben. Wie sonst ließe sich erklären, dass er eine Stellung auf Blackbeards Schiff erhalten hatte? Bei genau dem Captain, den er verehrte. James würde es natürlich nie zugeben, aber er hatte alles über Blackbeard gelesen, was er nur in die Finger bekommen konnte, und sich zum Ziel gesetzt, ein Mitglied der Piratencrew zu werden. Was für ein seltsamer Glücksfall hatte James an jenem Abend in diese Spelunke gelockt, ausgerechnet an den Ort, an dem er den gefürchteten Blackbeard selbst treffen würde?

Den Mann zu beeindrucken, war jedoch eine ganz andere Geschichte. Smee wusste, dass Glück nichts damit zu tun gehabt hatte. *Das* war allein James gewesen. Sein Wissen, Können und seine Persönlichkeit hatten Blackbeard für ihn eingenommen, genau wie er in der Schlacht mit der *Dreaded Queen* den Tag gerettet hatte. Smee hatte schon immer gewusst, dass James ein intelligenter Bursche war. Jetzt war er ein außergewöhnlicher Mann geworden und noch dazu ein Pirat. Selbstverständlich war er nicht wie die anderen Männer der Crew, aber andererseits war James noch nie wie irgendjemand gewesen, den Smee je getroffen hatte.

Insoweit Smee dies beurteilen konnte, hatte James sich auf Blackbeards Schiff gut geschlagen.

Sicher, er hatte sich den ein oder anderen Fehltritt erlaubt, wenn er zu den Männern sprach. James hatte die Tendenz, mit Menschen zu sprechen, als hätten sie keine Ahnung, wovon er redete. Aber dafür gab es einen guten Grund, einen, dessen sich die meisten Menschen nicht bewusst waren. Smee hatten James' weitschweifende Monologe noch nie etwas ausgemacht, genauso wenig wie die Tatsache, dass er eine Menge über die Themen zu wissen schien, die ihn begeisterten, und dementsprechend stundenlang über sie sprechen konnte. Smee betrachtete diese Unterhaltungen als die Bildung, die ihm verwehrt geblieben war, weil er in so jungen Jahren seinen Dienst angetreten hatte. Für Smee fühlte es sich an, als hätte er ebenfalls eine namhafte Schule besucht, und er war froh, dass er James über all diese Jahre hinweg aufmerksam zugehört hatte, vor allem wenn es um Piraten ging. Im Ergebnis brüstete Smee sich nun mit seinem Piratenwissen, und noch stolzer war er nur auf James.

Während Smee so in dem schwankenden Krähennest hockte, lenkte er sich selbst mit Erinnerungen an ihren Zusammenstoß mit der *Dreaded Queen* ab. Die *Dreaded Queen* war das größte Schiff, das Smee je gesehen hatte, mit mehreren Reihen Kanonen auf jeder

Seite, ganz zu schweigen von dem wahrhaftigen Goliath einer Kanone am Steuerbordheck. Es handelte sich um ein großes Ungetüm von einer Kanone mit dem Maul einer bösartig aussehenden Sirene. James hielt sich nicht mit seiner Meinung zurück, dass er es für keine gute Idee hielt, die *Dreaded Queen* anzugreifen, aber Jukes argumentierte dagegen, dass sie den Vorteil des Überraschungsmoments auf ihrer Seite hätten, wenn sie sich ihr mitten in der Nacht näherten. Die Verlockung der sagenhaften Schätze, die sich den Gerüchten zufolge auf der *Dreaded Queen* befinden sollten, war zu stark, als dass Blackbeard ihr hätte widerstehen können. Man musste Rusty Jones zugutehalten, dass er sich den hinterhältigen Plan ausgedacht hatte, das Schiff in sicherer Entfernung zur *Dreaded Queen* zu ankern und unter dem Deckmantel der Nacht in den Ruderbooten zu ihr überzusetzen, sodass ihr Angriff vollkommen überraschend erfolgen würde. Aber James war der Ansicht, dass sie einige Männer an Bord ihres eigenen Schiffes zurücklassen sollten, damit sie nicht ganz und gar wehrlos dastanden, falls die gegnerische Crew sie entdecken sollte.

„Ich bin mir sicher, dass es sich um eine Falle handelt", hatte er gesagt. „Ich habe da eine Theorie über die *Dreaded Queen.* Ich denke, sie locken andere Schiffe gezielt mit großartigen Geschichten von ihren sagenhaften Schätzen an, nur um die Schiffe, die sie angreifen, anschließend selbst auszuplündern."

„Wenn Sie zu viel Angst haben, um sich unserem Entern anzuschließen, dann bleiben Sie halt auf dem Schiff zurück, *Rektor.* Wir haben keine Zeit für Ihre Theorien", hatte Rusty mit einem abfälligen Schnauben in James' Richtung erwidert.

„James hat nicht ganz unrecht, Rusty", sagte der Captain. „Wir brauchen zumindest ein paar Männer an Bord, damit wir dich und die anderen verteidigen können, sollte sich das Ganze doch als Falle herausstellen."

Smee wusste, dass James es für keine gute Idee hielt, die *Dreaded Queen* anzugreifen, daher war er erleichtert, dass Blackbeard einverstanden war, ein paar Männer an Bord der *Silent Wraith* zu behalten.

„Das ist keine Falle, Captain, das versichere ich Euch, sonst hätten wir schon längst davon gehört, was die Crew der *Dreaded Queen* im Schilde führt", sagte Rusty.

Und damit war es beschlossene Sache, sie würden Rustys Plan in die Tat umsetzen. Die *Dreaded Queen* war ein Preis, dem Blackbeard schon eine ganze Weile nachjagte. Auf Smee machte es den Anschein, als sei die Angelegenheit von persönlicherer Natur, und dass es bei diesem Angriff um mehr ging als nur reiche

Beute. Aber dann dachte Smee wieder, dass an Blackbeard mehr dran war, als sein Ruf vermuten ließ. Er verstand, wie er so berüchtigt geworden war – er war ein beeindruckender Captain, ein erbitterter Kämpfer, der seinen Gegnern keine Gnade gewährte, und ein meisterhafter Seefahrer, aber außerdem war er auch ein guter Mann und äußerst intelligent. Smee war überrascht, wie sehr er ihn bewunderte. Als er jedoch bemerkte, wie viel Blackbeard und James gemein hatten, war es keine sonderlich große Überraschung mehr.

Smee hatte zusammen mit James, Blackbeard und einer Handvoll weiterer Männer zugesehen, wie Rusty und die anderen Crewmitglieder zu dem riesigen Schiff hinübergerudert waren, still und leise durch den dichten Nebel, der über dem Wasser hing. Kaum dass sie etwa die Hälfte der Strecke hinter sich gebracht hatten, sahen sie brennende Harpunen wie Sternschnuppen über den Nachthimmel streifen, die das Wasser um die Boote mit ihren Männern darin in Brand setzten.

„Es ist eine Falle! Sie haben das Wasser mit Öl versetzt!", fluchte Blackbeard, als die Laternen der *Dreaded Queen* alle wie auf einen Schlag entzündet wurden. Wäre Smee nicht so verängstigt gewesen, dann hätte es ihn beeindruckt, wie sorgfältig die Gegner ihren Angriff geplant hatten, und der Anblick des herrlichen Schiffes, dessen Silhouette in voller Pracht vor dem schwarzen Horizont erstrahlte, hätte ihn in ehrfürchtiges Staunen versetzt. Er sah zahllose Männer und Frauen an Deck strömen, bereit für die Schlacht, ihre Schwerter erhoben und ihre Stimmen voll Kampfeslust. Aber noch viel beängstigender waren die Piraten, die mit Fackeln in den Händen an jeder einzelnen Kanone standen, jederzeit bereit, ihre Lunten zu entzünden. Ihr Gejohle und ihr schallendes Gelächter dröhnte Smee in den Ohren. In diesem Moment verspürte er beim Anblick seiner Kameraden, umgeben von Flammen, hilflos in ihren kleinen Booten – und von der Vielzahl an Kanonen, die direkt auf sie und die *Silent Wraith* gerichtet waren einmal ganz abgesehen – mehr Furcht als je zuvor in seinem Leben. Er war überzeugt, dass er an diesem Tag sterben würde. Aber bevor Blackbeard auch nur einen einzigen Befehl geben konnte, hob James die Stimme.

„Hisst die Segel und volle Fahrt auf die *Dreaded Queen*!"

„Haben Sie den Verstand verloren? Sie werden uns vernichten!", schnaubte Jukes.

„Tut, was ich sage, und hisst die verdammten Segel, und wenn ich den Befehl gebe, feuert direkt auf die Fässer neben der goldenen Kanone!" An diesem Punkt kam James' unheimliches Glück ins Spiel – der Himmel explodierte plötzlich mit Blitzen, die so laut waren, dass die Männer sich duckten und glaubten, die *Dreaded Queen* hätte ihre Kanonen abgefeuert. Der Wind nahm zu, schlug das Schiff gegen die Wellen, und Regen ging in Strömen auf sie nieder.

„Sie haben doch keine Ahnung, wovon Sie da reden! Wir sollten auf ihren Rumpf zielen!" Jukes sah aus, als wüsste er nicht recht, wovor er sich mehr fürchten sollte, vor dem Sturm, der sie noch nicht ganz erreicht hatte, oder vor der *Dreaded Queen.*

„Wollen Sie, dass Ihre Freunde sterben? Tun Sie, was ich sage!"

Smee war ungemein stolz auf James in diesem Moment, und es machte ganz den Eindruck, als ob James in Jukes' Ansehen enorm gestiegen sei, als er sich so vor ihm behauptete.

„Du hast deine Befehle, Jukes, oder willst du über Bord gehen und lieber für dich allein kämpfen, so wie deine Brüder?", fragte Blackbeard mit einem furchterregenden Ausdruck in den Augen, der Jukes zusammenzucken ließ.

„Ihr habt den Captain gehört, hisst die Segel!", rief Jukes den anderen Männern zu. Sie mühten sich ab, die Takelage hochzuziehen und die Segel zu hissen, was das Schiff sofort mit enormer Geschwindigkeit vorwärtstrieb. Wenn Smee an derlei Dinge geglaubt hätte, hätte er gedacht, es gehe mit Zauberei zu. Wie sonst konnte es sein, dass sie solch günstigen Wind hatten, genau in dem Moment, da sie ihn brauchten? Fast konnte er das Lachen im Wind hören, das um sie herumwirbelte. Das Schiff wurde in Richtung der *Dreaded Queen* getrieben, als diese begann, ihre Kanonen abzufeuern. Smee konnte an nichts anderes denken als daran, wie furchteinflößend es für die Männer in den Booten sein musste, im Kanonenfeuer zwischen zwei Schiffen festzusitzen. Und dann hörte er James' Stimme über den Wind, den Regen und das Donnergrollen, lauter als selbst die Kanonen.

„Feuer! Jetzt! Zielt auf die Fässer!", rief er, die Hand in Richtung der *Dreaded Queen* ausgestreckt, und in der Sekunde des Einschlags zerriss eine gigantische Explosion die gesamte Steuerbordseite des Schiffes in alle Himmelsrichtungen.

Dann herrschte Chaos, als die Männer zurück an Bord der *Silent Wraith* kletterten und die verbliebene Crew der *Dreaded Queen* sich in die Rettungsboote stürzte und um ihr Leben ruderte, während ihr Schiff langsam im Meer versank.

Als alle Mann wieder sicher an Deck angelangt waren, hoben sie Jukes auf ihre Schultern, trugen ihn grölend um das Schiff und feierten ihn dafür, ihre Leben gerettet zu haben. Skylights stach ein Fässchen

Grog an und begann, Humpen auszuteilen, um auf ihren Sieg anzustoßen. Smee beobachtete, wie James und Blackbeard ein wenig abseits standen und den anderen beim Feiern zusahen, und er wusste, dass der Captain James für seinen raschen Einfall lobte. Smee wünschte bloß, es wäre James, den die Männer auf den Schultern trugen, denn er war es, der den Tag gerettet hatte.

Er war sicher, dass James auch diesen Tag retten würde. Wenn er nur aus dem Wasser auftauchen würde. Smee wollte die Hoffnung nicht aufgeben, aber je länger James und Blackbeard unter den Wellen blieben, desto schwerer wurde sein Herz. Andererseits hatte James unverschämt viel Glück, und Smee würde sich an diesem Gedanken festklammern, so wie er sich in Todesangst am Krähennest festgeklammert hatte.

Kapitel V

Ein nasses Grab

Als James erwachte, war er noch immer unter Wasser, verstand aber nicht, wie er atmen konnte. Er hatte davon geträumt, wie es wohl sein würde, unter der Oberfläche zu verweilen wie eine Meereskreatur, hätte sich jedoch nie vorstellen können, dass es zugleich so schön und furchterregend sein würde. Überall um ihn herum lagen gesunkene Schiffe, verrottet und in Trümmern, die durch das grün-blaue Wasser mal mehr und mal weniger scharf zu erkennen waren. Er hatte noch nie so beeindruckende Schiffe gesehen, mit ihren gigantischen Segeln, die sich in der Strömung blähten, als beherrschten sie noch immer die See. Und er fragte sich, was aus den Seglern dieser majestätischen Schiffe geworden war. Verweilten auch sie am Grund des Meeres, ihre Knochen inzwischen unter dem Meeresboden versunken? Oder war einigen von ihnen der Rückweg gelungen, um ihre Geschichten zu erzählen? Der Krake lag einige Meter entfernt regungslos auf dem Grund des Ozeans und hatte längst aufgehört, aus seinem abgetrennten Tentakel zu bluten. James schwamm zu dem gigantischen Biest und suchte es ab, in der Hoffnung, Blackbeard zu finden. Er fürchtete, der Captain könnte unter der massiven Kreatur zerquetscht werden. Allmählich geriet er in Panik und zu der Überzeugung, dass der große Blackbeard tot war. Gleichzeitig war er immer noch verwirrt, wie es sein konnte, dass er selbst noch lebte und imstande war, zu atmen. Er hoffte einfach, dass Blackbeard, genau wie er selbst, irgendwie noch am Leben war.

„Hier drüben! Ich hab deinen Freund gefunden!", rief eine hohe Stimme, die so schrill klang, dass er glaubte, seine Trommelfelle müssten platzen. Er konnte sich nicht vorstellen, was für eine Kreatur so ein Geräusch machte. Dann sah er sie: Sie war eine seltsame Mischung aus Fisch und Mensch, keine Meerjungfrau, sondern etwas vollkommen anderes. Ihr Gesicht war vergleichsweise menschlich, aber ihre Augen waren groß und hervortretend wie die eines Fisches, und sie hatte Kiemen zu beiden Seiten ihres sonderbar hübschen Gesichts. Sie hatte die Gestalt einer menschlichen Frau, aber ihr Körper war von grünen und goldenen Schuppen bedeckt, und zwischen ihren Fingern und Zehen wuchsen Schwimmhäute. Ihr Mund war breit wie der eines Seeteufels, und als sie sprach, entblößte sie mehrere Reihen spitzer Zähne. Wenn sie nicht versucht hätte, ihm zu helfen, hätte er sich vor ihr gefürchtet.

„Komm schnell!", sagte sie, woraufhin James' Ohren so schrecklich schmerzten, dass er die Hände daraufpresste, sicher, dass sie bluteten, so stechend war der Schmerz, den die Stimme der Sirene hervorgerufen hatte.

Tut mir leid, sagte sie ohne einen Laut, stattdessen formte sie die Worte nur mit den Lippen. Er begriff, dass sie ihm nicht wehtun wollte.

Sie muss eine Sirene sein, dachte er. Er hatte sich immer vorgestellt, dass sie wie Meerjungfrauen aussehen. Die Sirene versuchte verzweifelt, Blackbeard zu wecken, und schüttelte ihn, als James sie endlich erreichte. Blackbeard lag reglos auf dem Grund des Ozeans, leblos und erschreckend bleich. Neben Smee war dies sein engster Freund, und James war noch nicht bereit, ihn zu verlieren.

„Ist er tot?", fragte er, aber Blackbeards Gesichtsfarbe beantwortete ihm die Frage: Er hatte tiefe Blutergüsse um den Hals, wo der Krake ihn gepackt hatte. Seine Haut hatte eine bläulich weiße Farbe angenommen, und seine Augen quollen aus ihren Höhlen hervor.

Die Sirene riss den Kopf herum und starrte finster auf etwas, das James nicht sehen konnte. *Er kommt!*, sagte sie lautlos und voller Panik und begann, sich Stück für Stück von ihnen zu entfernen. *Wir müssen jetzt gehen.*

„Wer kommt? Ich kann meinen Captain nicht hierlassen“, erwiderte James, während die Sirene rasch davonschwamm. „Geh nicht, ich brauche Hilfe, um seinen Körper zurück aufs Schiff zu bringen!“ Aber die Sirene war bereits außer Sicht. James versuchte, Blackbeards Körper hinter sich herzuziehen, aber er war zu schwer. Unmöglich würde er so bis an die Oberfläche schwimmen können. „Keine Sorge, Sir, mir fällt schon etwas ein, ich werde Euch nicht im Stich lassen! Das ist nicht unser Schicksal.“

„Aber dies ist dein Schicksal, James“, ertönte eine verhängnisvolle Stimme, die wie eine Schockwelle durchs Wasser schnitt. „Dies ist der Ort, an den die Toten kommen, um zur letzten Ruhe geleitet zu werden.“

Erschrocken fuhr James herum, fragte sich, wo die Stimme herkam, konnte aber niemanden ausmachen. „Ich werde nicht zulassen, dass Sie ihn mitnehmen!“, sagte er, während er weiter hektisch umherblickte, um zu erkennen, mit wem er da sprach.

„Du hast keine Wahl, und ich werde euch beide mitnehmen“, erklärte die Stimme und hallte durch ihr nasses Grab.

„Aber ich kann nicht tot sein.“ *Oder doch?* „Dies ist nicht das Ende meiner Geschichte.“ James fragte sich, ob er träumte. Nichts von alldem schien real zu sein.

„Nun, du weißt doch, was man über tote Männer sagt“, erwiderte die Stimme mit einem Lachen.

„Wer sind Sie? Zeigen Sie sich!“, verlangte James und kniff die Augen zusammen, um durch das trübe Wasser etwas erkennen zu können. Ein riesiges Schiff nahm aus der Dunkelheit heraus vor ihm Gestalt an. Es wirkte zugleich lebendig und tot, wie die skelettartigen Überreste eines ehemals wundervollen Schiffes, jetzt verdreht und vom Verfall ins Groteske verzerrt. Das Heck sah aus wie ein weit aufgerissenes Maul, bereit, alles zu verschlingen, was sich ihm in den Weg stellte, und das Deck wurde von Hunderten seefahrender Männer und Frauen bevölkert, die durch die Gefahren auf See ihr Leben gelassen hatten. Die *Flying Dutchman*! James war sicher, dass er träumte. Er hatte Geschichten darüber gehört, sie aber nie für bare Münze genommen. An ihrem Steuer stand ein gespenstischer Captain mit einem feierlichen Lächeln auf dem Gesicht, das sich wie eine eisige Faust um James Herz legte. Die riesigen Segel des Schiffes flatterten wie Geister hinter ihm im Wasser.

James hatte von dieser Gottheit des Todes gelesen, der die Aufgabe zufiel, verlorene Seelen an ihre Ruhestätte zu geleiten, aber er hatte das alles für nichts als Mythen und Legenden gehalten.

„Sie sind Duffer Jones.“ James konnte kaum glauben, dass dies wirklich geschah. Er wusste nicht, ob er in einem schrecklichen Albtraum gefangen war, tatsächlich tot oder beides. Er fragte sich, ob dies seine Strafe dafür war, dass er seine Familie verlassen und seine Pflichten ihr gegenüber vernachlässigt hatte. Er konnte nicht fassen, dass dies das Ende seiner Geschichte sein sollte, und er schwor sich im Stillen, dass er es sich zur Aufgabe machen würde, sicherzustellen, dass seine Mutter gut versorgt war, sollte er es lebendig hier hinausschaffen.

„Man kennt mich unter vielen Namen, James. Nenn mich, wie du willst, Duffer, Davy, Jonah, des Seemanns Todesengel, mir ist es gleich. Mir wurde von der großen Göttin Calypso die Aufgabe zugeteilt, all jene, die auf See verstorben sind, in die nächste Welt zu geleiten. Wirst du friedlich mit mir gehen, oder wirst du die Sache unterhaltsamer machen und dich zur Wehr setzen?", fragte der geisterhafte Pirat.

„Wir werden uns zur Wehr setzen", erwiderte Blackbeard und traf James damit vollkommen unvorbereitet. Sein Mentor stand an seiner Seite, so stark wie eh und je.

„Captain! Sie sind am Leben."

„Könnte man so sagen", sagte Blackbeard und zwinkerte James zu. „Hast du die Zunderbüchse noch, die ich dir gegeben habe?", murmelte Blackbeard in seinen Bart und versetzte James einen leichten Stups, ohne auch nur ein einziges Mal den Blick von der geisterhaften Gottheit abzuwenden. James zog die Büchse aus seiner Tasche und drückte sie ihm unauffällig in die Hand.

„Steh deinen Mann, James. Zaudere nicht, bleib stark, rühr dich nicht von der Stelle und vertrau mir. Wir werden das durchstehen", sagte Blackbeard, bevor er ein grauenhaftes Heulen ausstieß, das den Ozean selbst zum Leben zu erwecken schien. Das Wasser wirbelte mit großer Kraft um sie herum, sodass die anderen Schiffe vom Meeresboden aufstiegen und sich in den Wirbelstürmen drehten. Der gespenstische Pirat lachte.

„Wie ich sehe, stehen auch dir mächtige Göttinnen bei, Blackbeard. Wollen wir sehen, wessen stärker sind?" Und ohne Vorwarnung tauchte die Crew des toten Captains aus den Eingeweiden des Schiffes auf und stürzte auf sie zu.

„Gebt uns euer Schlimmstes, ihr Teufel!", brüllte Blackbeard, als der Schwarm aus Geisterpiraten auf sie zuhielt, die Gesichter vor Wut und Verwesung verzerrt. James wollte fliehen, aber er erinnerte sich an Blackbeards Worte und stand seinen Mann. Wenn er heute schon sterben musste, dann würde er es zumindest mit aufrechtem Haupt und an der Seite eines großen Mannes tun. Er würde einen guten Tod sterben, und vielleicht würde Blackbeards und seine Geschichte eines Tages in den großen Erzählungen auftauchen, und Seemänner würden Lieder über ihre Abenteuer singen. Und gerade, als James die Augen schließen und sich für den Tod wappnen wollte, erschien ein helles Licht aus der goldenen Zunderbüchse in Blackbeards Hand. Es brach hervor wie ein explodierender Stern, sein greller Schein schleuderte alle anderen zurück und riss Blackbeard und James in beängstigender Geschwindigkeit in die Höhe. James klammerte sich an Blackbeard fest, während sie durch das Wasser schossen, verlor aber den Halt, als sie hoch in die Luft geschleudert wurden, nur um anschließend hart auf der Wasseroberfläche aufzuschlagen. James sah sich um und entdeckte Blackbeard ein paar Meter entfernt, offensichtlich bewusstlos, wie er langsam wieder unter die Wellen sank.

Er schwamm zu Blackbeard hinüber und bot all seine Kraft auf, um ihn wieder an die Oberfläche zu ziehen. Der gefürchtete Pirat war so schwer, dass sein Gewicht James beinahe mit sich hinunterzureißen drohte.

Wieder an der Oberfläche angekommen, entdeckte James ein Stück vom Schiffsrumpf, das beim Kampf mit dem Kraken abgebrochen war, und hielt sich rasch daran fest. Er zog eine kleine silberne Pfeife aus seiner Tasche und blies hinein, bis die Männer von Bord hinabsahen. Skylights streckte seinen Kopf über die Reling und erspähte die beiden.

„Ahoi! Wir dachten, wir hätten euch verloren!“, rief Skylights, dann holte er die anderen Männer zur Hilfe.

James sah, wie Smee lächelnd aus dem Krähennest zu ihm herabschaute. „Master James! Master James, Sie sind am Leben!“

„Lasst die Leiter runter!“, rief James, während er sich damit abmühte, Blackbeard zum Schiff zu zerren. „Rasch!“ Es kostete ihn all seine Kraft, den Captain davor zu bewahren, ein weiteres Mal unterzugehen. Er war kaum bei Bewusstsein, und sein totes Gewicht wurde mit jeder Sekunde schwerer. James fürchtete, dass er ihm entgleiten könnte.

„Bitte, Sir!“, flehte James. „Haltet nur ein klein bisschen länger durch.“ Da endlich kam die Strickleiter an der Seite des Schiffes herabgepurzelt. James machte rasch seinen Gürtel los, zog ihn durch den von Blackbeard, und befestigte ihn dann wieder um seine eigene Mitte. Auf diese Weise würde er Blackbeard nicht verlieren, aber es bedeutete auch, dass, sollte Blackbeard erneut untergehen, James ihm folgen würde.

„Bitte haltet Euch an mir fest, Sir“, flehte James. Aber Blackbeard war entweder bewusstlos oder tot.

James würde ihn nicht verlieren, nicht nach allem, was sie durchgemacht hatten. „Sir! Wacht auf", sagte er und versetzte dem Captain eine heftige Ohrfeige, die ihn wieder zu Bewusstsein brachte. „Verzeihung, Sir. Haltet Euch an mir fest", sagte James, aber er wusste nicht, ob Blackbeard ihn hörte. Der Captain sah schrecklich blass aus, und James war unsicher, ob Blackbeard diese Geschichte überleben würde.

„Skylights, hol die Männer, sie sollen uns hochziehen! Ich kann ihn nicht alleine die Leiter hochschleifen", rief James und klammerte sich an der Strickleiter fest, nicht überzeugt, dass es den Männern gelingen würde, sie an Bord zu ziehen. Blackbeard war viel schwerer als James, und James befürchtete inzwischen, dass es ein Fehler gewesen war, sie aneinanderzubinden.

„Bitte lasst nicht los, Sir, Ihr zieht mich noch mit", sagte er, während die Crew mit vereinten Kräften an der Leiter zog, Zentimeter um Zentimeter, bis sie Blackbeard und James endlich an Bord gehievt hatten und sie schmerzhaft aufs Deck knallten. James machte seinen Gürtel los, rappelte sich auf und hämmerte auf Blackbeards Brustkorb, bis er das Wasser wie einen Springbrunnen aus seinen Lungen gezwungen hatte. Blackbeard schnappte nach Luft, stotterte und spuckte Wasser, aber er schien immer noch keine Luft zu bekommen. James schlug weiter auf seine Brust, in der

Hoffnung, sämtliches Wasser herauspressen zu können, als er plötzlich spürte, wie ihn jemand gewaltsam nach hinten und von Blackbeard wegriss.

„Was machen Sie da mit ihm?“, schrie Jukes ihn an und hielt James ein Messer an die Kehle. James saß vor Angst wie angefroren da, benommen von allem, was geschehen war.

„Er hat mir das Leben gerettet, du alter Narr von einem Seebär!“, keuchte Blackbeard, der sich aufgesetzt hatte und wieder zu Atem kam. „Steck das Messer weg und stell lieber fest, wie groß der Schaden an meinem Schiff ist!“, verlangte Blackbeard. Dann, mit einem Blick zu James, fragte er: „Sind alle Mann vollzählig, James?“

James kam auf die Füße, mit zitternden Beinen, und sah sich um, benommen und außer Atem. „Männer, meldet euch!“, brüllte er. Alle bis auf Mullins und Smee riefen ihre Namen.

„Smee, alles in Ordnung?“, fragte James und sah zu dem Krähennest hinauf, das aussah, als könnte es jeden Augenblick zusammenbrechen. „Smee, mein guter Mann, komm auf der Stelle hier runter!“

„Aye, Sir!“, sagte Smee, der den Anschein machte, als wäre es ihm zwar weit besser ergangen als jedem anderen in ihrer Gesellschaft, aber als hätte er Angst, den beschädigten Mast hinunterzuklettern.

„Skylights, wie geht es unserem Schiff?“ James fühlte sich schwindelig, wacklig auf den Beinen, und seine Nerven lagen blank – zudem hatte er irgendwie den Captain aus den Augen verloren. „Würde bitte jemand Smee aus dem Krähennest helfen! Und wo ist der verfluchte Captain?“

„Der Captain ist in seinem Quartier, Sir. Er sah nicht gut aus“, rief Jukes, während er Wibbles zur Hand ging, der gerade Smee zurück an Deck half.

„Smee, mein guter Mann! Ich bin froh, dich in Sicherheit zu sehen“, sagte James, schloss den Mann in die Arme und drückte ihn fest an sich. „Ich weiß nicht, was ich machen würde, wenn ich dich verloren hätte. Was hattest du überhaupt im Krähennest verloren?“

„Es ist der beste Ort, um ein Auge auf Sie zu haben, Sir. Aber wie ich jetzt sehe, brauchen Sie meinen Schutz nicht. Ich habe noch nie solche Tapferkeit gesehen“, erklärte Smee mit stolzgeschwellter Brust. „Wir sollten besser nach dem Captain sehen, Sir.“

James und Smee fanden Blackbeard in seiner Kabine dabei vor, wie er ein paar auf dem Boden verstreut liegende Gegenstände auflas und sie zurück in eine hölzerne Kiste stopfte, die Kiste mit dem geschnitzten Auge, die James zuvor aufgefallen war.

„Sir?“

Blackbeard sah nur kurz von der Kiste auf. James

konnte die dunklen Blutergüsse an seinem Hals sehen, wo der Krake ihn unter Wasser gezogen hatte. Er sah nicht viel besser aus als am Grund des Ozeans, wo James ihn gefunden hatte.

„Wie lautet dein Bericht, James?"

„Alle Mann an Deck, Sir", sagte James und blinzelte, um den Kopf freizubekommen. Er war immer noch benommen von allem, was geschehen war.

„Und was sagt Skylights? Wie steht es um mein Schiff?"

„Wenn wir Glück haben, schaffen wir es mit ihr noch zum Treibenden Friedhof, Sir", sagte Skylights, der gerade den Raum betreten hatte und nun neben Smee Stellung bezog.

„Ist es wirklich so schlimm?", fragte Blackbeard mit Blick auf Skylights.

„Ich fürchte schon, Sir. Es ist an der Zeit, dass sich die *Silent Wraith* zur Ruhe setzt." Skylight neigte den Kopf.

„So sei es also", sagte Blackbeard und sah sich mit einem Blick in der Kajüte um, wie ein Mann eine Geliebte ansehen mag, die er aufgeben muss. „Alles in Ordnung bei dir, Smee? Wie es scheint, warst du von uns allen dort oben im Krähennest am sichersten. Wer hätte das gedacht?", fragte Blackbeard.

„Bist du sicher, dass es dir gut geht, Smee? Sollte

Turk nicht doch besser einen Blick auf dich werfen?", fragte James, der sich schreckliche Sorgen um seinen lieben Freund machte.

„Es geht mir ausgezeichnet, Sir, machen Sie sich um mich keine Sorgen. Und darf ich anmerken, dass Sie heute unglaublich waren, einfach fantastisch. Wie Sie hinter unserem Captain her ins Meer gesprungen sind! Noch nie habe ich solchen Mut gesehen. Sie haben den Tag gerettet!", sagte Smee und sah James voller Stolz an. Dann räusperte er sich. „Natürlich wart auch Ihr ganz fantastisch, Sir. Sie beide haben den Tag gerettet", sagte Smee, der beschämt wirkte und offensichtlich befürchtete, Blackbeard gekränkt zu haben.

„Nein, du hast recht, Smee. James hat tatsächlich den Tag gerettet. Wäre er nicht so mutig gewesen, hätten wir alle unsere letzte Reise auf der *Flying Dutchman* angetreten." Blackbeard schlang einen Arm um James und zog ihn in eine Umarmung. „Danke, James. Ich verdanke dir mein Leben. Ich glaube, du weißt, dass ich dich bitten wollte, mein Erster Maat zu werden, als ich dich heute Abend eingeladen habe, mit mir zu speisen. Aber ich glaube, ich habe etwas, das dir sogar noch besser gefallen wird", sagte Blackbeard mit einem Lächeln. „Wenn der Rest von euch uns jetzt entschuldigen würde, ich würde gerne allein mit meinem Ersten Maat sprechen."

Smee und Skylights verließen die Kajüte, und James ergriff das Wort, noch bevor Blackbeard ihm sagen konnte, was ihm auf der Zunge lag. „Verzeihung, Sir, aber in Wahrheit habt Ihr mir dort unten mit der *Flying Dutchman* das Leben gerettet."

Blackbeard packte James an der Schulter und klopfte ihm dann freundschaftlich auf den Rücken. „Was lässt dich glauben, wir wären mit dem Leben davongekommen?", fragte er lachend.

James hatte schon immer geargwöhnt, dass Blackbeard einen seltsamen Sinn für Humor hatte, aber er konnte nicht umhin, sich zu fragen, ob der Captain seine Worte ernst meinte. Alles, was geschehen war, kam ihm so unmöglich vor und wie ein Traum. Während er unter Wasser gewesen war, hatte er sich mehr als einmal gefragt, ob er am Leben oder tot war. „Wenn du nicht mutig genug gewesen wärst, mir hinterherzuspringen, dann hätten wir diese verzauberte Zunderbüchse nicht gehabt, und jeder Einzelne von uns wäre auf die andere Seite gebracht worden. Alles, was ich gemacht habe, war, sie zu benutzen." Blackbeard hob die Kiste mit dem geschnitzten Auge hoch und reichte sie James.

„Sie gehört jetzt dir, mein Sohn. Und auf unserer Reise zum Treibenden Friedhof werde ich dir alles darüber erzählen!"

Kapitel VI

Der Treibende Friedhof

In jedem Winkel der vielen Welten gibt es Orte wie den Treibenden Friedhof, zu dem Schiffe fahren, um zu sterben oder darauf zu warten, wiedergeboren zu werden. Als die *Silent Wraith* das wässrige Grab erreichte, war James sprachlos angesichts von Blackbeards Navigationskünsten auf solch beengtem Raum.

Der Einlass war ein Wunder. Er wurde von zwei riesigen Poseidon-Statuen flankiert, die höher als die höchsten Berge aufragten. Einmal durch die gigantischen Tore hindurch, glitten sie an Schiffen in verschiedenen Stadien des Verfalls vorüber. James hatte noch nie solche Schiffe zu Gesicht bekommen. Einige waren mit Gold verziert, andere mit Sirenen als Galionsfiguren und wieder andere mit aufwendig geschnitzten Kraken und Skeletten und bunten Flaggen. Am aufsehenerregendsten waren wohl die Wikingerschiffe mit ihren stattlichen mythischen Galionsfiguren in der Gestalt von Seeschlangen mit gehörnten Köpfen und den Abbildern von ihren Göttern und Runen, die in die meisterhaft gefertigten Rümpfe geschnitzt worden waren. James hatte sich Wikingerschiffe immer viel größer vorgestellt, aber ihre geringere Größe tat ihrem majestätischen Erscheinungsbild und der faszinierenden Aura keinen Abbruch. Manche waren in makellosem Zustand, als warteten sie darauf, dass ein Captain sie für sich beanspruchte, während andere wirkten, als würde nur ein Wunder sie noch über Wasser halten.

Die *Silent Wraith* schob sich mühelos durch den dichten Nebel, der über dem Wasser schwebte, während sie an Schönheit und Verfall vorüberglitt. James fand, dass vergessenen und vernachlässigten Dingen eine besondere Schönheit anhaftete, und sehnte sich danach, die Geschichten all der Schiffe auf diesem Friedhof zu erfahren, damit er sie niederschreiben konnte. Während er diesen atemberaubenden Anblick in sich aufsog, bemerkte er, dass er dort, wo sich der Nebel ein wenig lichtete, Lichter in den wässrigen Tiefen ausmachen konnte. Die kleinen flackernden Lichtquellen schienen ihn zu sich zu rufen, und er fragte sich, ob er dort unten die Geschichten dieser glorreichen Schiffe erfahren würde.

„Sieh nicht zu lange in die Lichter, James, sonst locken sie dich noch in die Tiefe", warnte Blackbeard, der seinen Blick nach vorn gerichtet hielt. James bemerkte, dass Blackbeard nach einem bestimmten Schiff Ausschau hielt.

„Was sind das für Lichter?", fragte James, der ein

seltsames und drängendes Bedürfnis verspürte, ins Wasser zu springen und selbst nachzusehen.

„Kerzen, entzündet von den Seelen der Captains, die sich weigern, ihre Schiffe zu verlassen und von der *Flying Dutchman* in die jenseitige Welt gebracht zu werden“, erklärte Blackbeard. Seine Worte jagten James einen Schauer über den Rücken, und ihm war auf einen Schlag kälter als je zuvor. James war wie gebannt von der Schönheit und dem Schrecken dieses Ortes und sah hinab auf all die Kerzenlichter, die im Wasser glitzerten.

„Aber wo sind die Captains?“, fragte er.

„Sie halten ihre Kerzen“, erwiderte Blackbeard.

James versuche sich vorzustellen, wie es für die armen toten Seelen sein musste, für immer an diesem Ort gefangen zu sein, und er fragte sich, ob er sich eines Tages selbst dort wiederfinden würde.

„Was für ein schrecklicher Gedanke“, sagte er und versuchte die Kälte abzuschütteln, die ihn gepackt hatte.

„Keine Sorge, junger Sir. Wenn das Schiff von einem anderen Captain in Besitz genommen wird, verlischt das Licht und der Geist wird freigesetzt. Manche Geister entschließen sich am Ende dazu, hinter den Schleier zu gehen, während andere ihrem Schiff treu bleiben, wie bei diesem hier. Darum nenne ich sie die *Silent*

Wraith. Sie ist durchdrungen von den Geistern ihrer früheren Captains. Es betrübt mich, dass ich mich von ihr trennen muss“, sagte Blackbeard.

James hatte schon immer das Gefühl gehabt, dass Blackbeards Schiff etwas Übernatürliches anhaftete, und jetzt wusste er auch, warum.

Als James sich in dem buchstäblichen Meer aus Schiffen umsah, das sich um ihn herum erstreckte, scheinbar endlos in seiner Pracht und Zersetzung, fiel sein Blick auf ein herrliches großes Schiff, voll aufgetakelt mit massiven Segeln. Es kam James beinahe magisch vor, in Rot und Gold, mit der Jolly-Roger-Flagge, die stolz in der Brise wehte. Es war nicht einmal ansatzweise das stattlichste Schiff auf dem Friedhof, aber es hatte etwas an sich, das James auf unerklärliche Weise anzog. Er sah sich selbst auf diesem Schiff, und irgendwie wusste er, dass es der nächste Schritt auf seiner Reise in Richtung Nimmerland war.

„Aye, die *Jolly Roger*, sie ist eine wahre Schönheit, nicht wahr?“, fragte Blackbeard, dem nicht entgangen war, dass James ein Auge auf das herrliche Schiff geworfen hatte. „Verflucht wurde sie, von drei Hexen, als ich auf ihr mit einigen ihrer Schätze von ihren Ufern ablegte. Sie sagten, der einzige Weg, den Fluch zu brechen, sei es, sie aus freien Stücken an jemanden weiterzugeben, der mir das Leben gerettet hat. Das bist du, James. Sie gehört dir." Dann fügte er noch hinzu: „Genau wie meine Crew."

James glaubte, er könne Blackbeard unmöglich richtig verstanden haben. Es war ausgeschlossen, dass er ihm dieses Schiff *und* seine Crew überließ.

„Aber Sir, wir haben unsere gemeinsame Reise gerade erst angetreten. Ich könnte niemals zulassen, dass Ihr mir Euer Schiff geben."

„Du wirst einen großartigen Captain abgeben, James. Meine Zeit neigt sich endlich dem Ende zu. Ich bin es leid, vor meinem Schicksal davonzulaufen. Du hast mich daran erinnert, als wir uns vorhin unterhalten haben." Blackbeard blickte hinunter auf die Lichter, die unter der Oberfläche flackerten.

„Denken Sie, das ist es, was ich tue, Sir? Vor meinem Schicksal davonlaufen?", fragte James, in Gedanken bei seinem Leben daheim und dem Versprechen, das er sich selbst gegeben hatte, als er dachte, dass er sterben müsste. Obwohl er das, was er daheim in London gehabt hatte, wohl kaum als Leben bezeichnen konnte. Wenn er in diesem Augenblick dort wäre, würde seine Mutter ihm jede in Frage kommende junge Lady vor die Nase setzen, bis er schließlich einwilligte, eine von ihnen zu heiraten. Und wie würde sein Leben aussehen, wenn er erst einmal verheiratet war? Er würde in irgendwelchen stickigen Salons verstauben, voller Sehnsucht nach Nimmerland. War das sein Schicksal? Er wusste von zahlreichen Männern, die ihren arrangierten Ehen entflohen waren und sich schlechte Angewohnheiten zugelegt hatten, die fast all ihre Zeit in Clubs verbrachten, wie festgefahren in ihrer Entwicklung, die scheinbar nie erwachsen wurden. Er fragte sich, ob auch sie aus ihren Kinderwagen gefallen waren und einen Vorgeschmack auf Nimmerland bekommen hatten. James wollte sein Leben nicht auf diese Weise verbringen. Er würde sicherstellen, dass seine Mutter gut versorgt war, aber er würde seine Träume nicht aufgeben. Selbst wenn er Nimmerland niemals finden sollte, so konnte er auf dem offenen Meer doch zumindest frei atmen.

„Du jagst deinem Schicksal nach, einem besseren Leben, und das liegt alles noch vor dir. Die Wahl, was für ein Mann du sein willst, liegt bei dir. Es ist deine Entscheidung, James, und nicht die von jemand anders“, sagte Blackbeard. Er holte etwas Goldenes aus der hölzernen Kiste mit dem bedrohlichen Auge, das James direkt in die Seele zu blicken schien.

„Ich möchte dir die hier geben, James. Ich habe sie in einem fernen magischen Land namens die Vielen Königreiche gefunden“, sagte der Captain und reichte James ein Paar goldener Stiefelschnallen und ein zusammengerolltes Stück Pergament. „Und das, mein junger Freund, ist eine Karte der Vielen Königreiche. Ich weiß, dass es nicht dein geliebtes Nimmerland ist, aber es ist ein wundersamer Ort voller Magie. Du musst die drei mächtigsten Hexen in diesen Landen für mich aufsuchen und ihnen mitteilen, dass ich dir mein Schiff überlassen habe, damit sie mich von meinem Fluch erlösen können. Ich bin sicher, dass sie dir den Weg nach Nimmerland zeigen können. Aber sei auf der Hut, James, bei den Verdrehten Schwestern zahlt man immer einen Preis."

„Die Verdrehten Schwestern? Sind das die Hexen, die Euch und Euer Schiff verflucht haben?"

„Haargenau die. Aber du bist klüger, als ich es in deinem Alter war, mein Junge. Du wirst ihnen nicht in eine ihrer gewitzten Fallen gehen. Tu ihnen einfach den Gefallen, den sie für die Informationen verlangen, die du suchst, nicht mehr und nicht weniger. Und was du auch tust, versuche nicht, sie zu belügen, sie zu hintergehen oder ihre Schätze zu stehlen. Sie wissen es immer. Das war mein Fehler."

„Und diese Stiefelschnallen … waren auch sie ein Geschenk der Hexen?", fragte James.

„So etwas in der Art", erwiderte Blackbeard lachend. „Lass uns einfach sagen, dass ich sie an deiner Stelle lieber nicht tragen würde, wenn du ihnen einen Besuch abstattest. Aber du musst dich nicht um den

Fluch auf dem Schiff sorgen. Ich habe meinen Teil der Abmachung erfüllt, als ich es an jemanden weitergegeben habe, der mir das Leben gerettet hat. Die Hexen sind hinterhältig, aber sie halten ihr Wort, zum Guten wie zum Schlechten."

James wog die Stiefelschnallen in der Hand und spürte, wie eine Welle der Angst ihn durchströmte, ein prickelndes Gefühl, das seinen ganzen Körper in Besitz nahm. Er ließ die Schnallen fallen, und sie landeten klirrend auf dem Boden. Er sah auf sie hinab und zögerte, bevor er sie aufhob.

„Die Schnallen sind nicht verflucht, mein Junge!", versicherte Blackbeard.

„Woher wisst Ihr, dass sie nicht verflucht sind?", fragte James.

„Die Verdrehten Schwestern lieben es, mit ihren Untaten zu prahlen. Wenn diese Stiefelschnallen verflucht wären, hätte es ihnen allergrößtes Vergnügen bereitet, mich davon zu unterrichten."

„Und Ihr meint, diese Frauen können mir helfen, Nimmerland zu finden?", fragte James.

„Das tue ich, mein Junge, ansonsten würde ich dich nicht mit dieser Mission beauftragen, selbst wenn das bedeutete, weiterhin mit diesem Fluch zu leben, den sie auf meine Seele gelegt haben."

„Aber Ihr habt doch gesagt, der Fluch sei gebrochen", sagte James, der sich erneut fragte, ob all dies nur ein Traum war.

„Der Fluch auf dem Schiff ist gebrochen, James, nicht aber der Fluch auf meiner Seele. Um ihn zu brechen, musst du den Verdrehten Schwestern einen Besuch abstatten und sie wissen lassen, dass du mein Schiff in Besitz genommen hast."

James wollte noch so viele Dinge sagen, so viele Fragen stellen, aber er sah, dass Blackbeard am Ende seiner Kräfte angelangt war. Er hatte von ihrer Tortur mit dem Kraken und den grauenhaften Ereignissen mit der *Flying Dutchman* schreckliche Verletzungen davongetragen. James spürte, dass Blackbeard sich einfach nur ausruhen wollte. Dieser Mann hatte ihm alles gegeben, und jetzt schickte er ihn an einen Ort, wo sein Traum in Erfüllung gehen könnte. Das Mindeste, was James für ihn tun konnte, war, den Verdrehten Schwestern eine Nachricht zu überbringen.

„Wie werde ich diese Verdrehten Schwestern erkennen, wenn ich die Vielen Königreiche erreicht habe?"

„Sie sind keine gewöhnlichen Hexen, James. Du wirst sie erkennen, wenn du sie siehst. Es sind viele Jahre vergangen, seit ich die Hexen zuletzt besucht habe, aber wenn man ihren Geschichten Glauben schenken kann, werden sie sich nicht verändert haben. Ihre Schönheit ist so seltsam proportioniert, dass sie unnatürlich wirken – und doch bemerkenswert und gefährlich bezwingend. Eine sieht aus wie die andere. Mach dir keine Sorgen darum, sie zu finden – sie werden dich in dem Augenblick aufsuchen, da du die Ufer von Morningstar betrittst."

„Ich verspüre eine seltsam düstere Vorahnung, wenn ich diese Stiefelschnallen berühre, Sir", sagte James, hob sie hoch und steckte sie in seine Brusttasche. „Sie jagen mir Angst ein."

„Sie sind eines Captains würdig, James. Du fürchtest, was sie symbolisieren. Aber du bist der mutigste Mann, den ich je getroffen habe. Jeder Mann in deiner Position würde sich fürchten. Du stehst kurz davor, das Kommando über dein eigenes Schiff zu übernehmen und eine Reise zu einem Land voller Hexen, Feen und allerlei nur erdenklicher Kreaturen anzutreten. Diese Reise wird dich deinem Ziel näherbringen, und das ist immer beängstigend, mein Sohn. Denn sich seinen Traum zu erfüllen, kann ein erschreckendes Unterfangen sein, aus Angst, dass er den eigenen Erwartungen nicht gerecht wird." Blackbeard legte James eine Hand auf die Schulter.

Der große Pirat hatte recht. James fürchtete sich davor, dass der Traum, den er so lange gehegt hatte, endlich in Erfüllung gehen könnte. „Seid Ihr sicher, dass ich bereit bin, Sir? Ich würde gerne noch ein

Weilchen länger an Eurer Seite dienen. Wollt Ihr mich nicht in die Vielen Königreiche begleiten?“, fragte er, da er wusste, dass er Blackbeard vermissen würde.

„Leider ist es mir versagt, jemals zurückzukehren. Ich weiß, dass du bereit bist, James. *Du* warst heute der Captain. Du hast mich und diese Männer gerettet, und jetzt würden sie alles für dich tun. Sie werden dir folgen, wohin du dich auch wagst, selbst nach Nimmerland. Bitte, mein Junge, nimm dieses Geschenk an, das ich dir voller Dankbarkeit für die Rettung meines Leben und der Leben meiner Männer gebe. Wenn ich könnte, würde ich diese Reise mit dir gemeinsam antreten, mein Freund, aber du schlägst einen Weg ein, auf dem ich dir nicht folgen kann. Das Einzige, was ich im Gegenzug von dir erwarte, ist, dass du dir einen anständigen Piratennamen zulegst“, sagte er glucksend.

„Wohin werdet Ihr gehen?“, fragte James.

„Hinunter zu den anderen Captains und meine eigene Kerze entzünden.“

Kapitel VII

Piraten in den Vielen Königreichen

Nach einer Reise von vielen Monaten oder mehr erreichte die *Jolly Roger* endlich die Vielen Königreiche. Als sie am Leuchtturm der Götter vorbeisegelten und auf den Hafen von Morningstar zuhielten, blieb James ob seiner Schönheit die Luft weg. Nichts hätte ihn auf den Anblick des gigantischen steinernen Leuchtturms mit dem wundervollen Juwel in seiner Turmspitze vorbereiten können, oder auf das gigantische Schloss, das im gleichen Stil errichtet worden war und dahinter im Sonnenlicht erstrahlte wie ein magischer Stern. Skylights hatte James während ihrer Reise viele Geschichten über die Vielen Königreiche erzählt, sodass James immer erpichter darauf geworden war, endlich anzukommen und diesen magischen Ort mit eigenen Augen zu sehen.

Rund um das Schloss erstreckte sich ein Feld mit goldenen Blumen, die ihr ganz eigenes Licht zu verbreiten schienen und das Schloss in noch helleren Glanz tauchten. Skylights meinte, dass es diese Blumen nicht immer im Königreich Morningstar gegeben habe. Als Blackbeard die Vielen Königreiche vor vielen Jahren besucht hatte, hatten sie diese Blumen nur an einem Ort namens Wald der Toten gesehen, aber das war lange bevor die Verdrehten Schwestern ihn als ihr Zuhause beansprucht hatten. In all seiner Lektüre hatte James noch nie von den Vielen Königreichen gelesen, darum war er froh, dass Skylights alles mit ihm teilte, was Blackbeard ihm im Laufe der Jahre anvertraut hatte. Wenn Morningstar als ein Beispiel für die Königreiche diente, die ihm in diesem Land begegnen würden, dann war er sicher, dass sein Besuch dort ein würdiges Abenteuer abgeben würde.

„Sind Sie sich bei dieser Sache sicher, Master James?“, fragte Smee. „So, wie Skylights von ihnen spricht, klingen diese Hexen wie bösartige Kreaturen. Nicht von der Sorte, mit der man sich abgeben will.“ Nach James’ Dafürhalten schien Smee sich auf einem Piratenschiff viel wohler zu fühlen als noch vor einem Jahr. Die Crew brachte ihm ein gewisses Maß an Respekt entgegen, besonders seit James Captain geworden war, und er übernahm allem Anschein nach die Rolle von James’ Erstem Maat, ohne dass James ihm diesen Titel offiziell verliehen hätte. Aber das war James nur recht. Smee durfte sich diese Freiheiten erlauben, er hatte sich um James gekümmert, seit er ein kleiner Junge gewesen war. Wer wäre besser geeignet, seine rechte Hand zu sein? Und wer wäre besser geeignet, seinen Lebenstraum zu teilen?

„Keine Sorge, Smee, ich werde schon zurechtkommen. Aber ich verlasse mich auf dich, ein Auge auf die Crew zu haben. Ich will nicht, dass sie das Schiff verlassen und durch die Vielen Königreiche streifen."

„Keiner von ihnen würde es wagen, das Schiff zu verlassen, Sir. Sie haben alle viel zu große Angst. Skylights hat ihnen den Kopf mit allerlei schrecklichen Geschichten über diese Ländereien gefüllt", erwiderte Smee und kniff die Augen zusammen, um zu sehen, ob er jemanden auf den Türmen von Schloss Morningstar ausmachen konnte.

„Skylights sagt, das Königreich von Morningstar sei friedlich, Smee. Es gibt keinen Grund, diesen Ort zu fürchten", sagte James.

„Aber was ist mit den Herren des Waldes, Sir? Oder den Riesengottheiten? Den Gerüchten zufolge soll es hier eine unsterbliche Königin geben, die über diese Biester herrscht." Smee sah sich nervös um, als versuchte er, einen Blick auf ihr goldenes Haar und ihr schönes Gesicht zu erhaschen.

„Skylights hat mir von Königin Tulip und König Popinjay erzählt. Sie klingen nach einem abenteuerlustigen Paar, das viel zu beschäftigt ist, um sich mit unseresgleichen herumzuschlagen. Nach allem, was

Skylights erzählt, hat Morningstar schon mehr Jahre Seefahrer an seinen Küsten willkommen geheißen, als die Geschichtsbücher belegen können. Ich versichere dir, dass wir hier nicht in Gefahr sind."

In Wahrheit hatte dieser Ort es James angetan, er war fasziniert von all den Geschichten, die Skylights ihm erzählt hatte. Und wenn er nicht so auf Hades komm raus darauf versessen gewesen wäre, Nimmerland zu finden, dann wäre dies genau die Art von Ort, über die er gerne mehr erfahren und die er mit Freude selbst erforscht hätte. Während ihrer langen Reise hierher hatte Skylights ihm von der schier unglaublichen Geschichte dieses Landes berichtet. Nach allem, was James gehört hatte, musste Königin Tulip eine bemerkenswerte Frau sein, die zu treffen ihm eine Ehre wäre. Wenn die Geschichten, die Blackbeard mit Skylights geteilt hatte, der Wahrheit entsprachen, dann fiel James kein anderer Herrscher ein, in seinem eigenen Land oder jedem anderen, der sie an Tapferkeit und Beharrlichkeit in den Schatten stellte. Es verblüffte James, dass es diesem Ort gelungen war, seine Fantasie beinahe so zu beflügeln wie Nimmerland. Eine unsterbliche Königin, die einst einem boshaften Mann versprochen war, auf dem ein Fluch lastete und der sie so schrecklich behandelte, dass sie sich selbst von den Klippen stürzte, nur um von einer Seehexe gerettet zu werden. James hatte noch nie eine Geschichte gehört, die so erschütternd oder inspirierend gewesen wäre wie die ihre. Wie Tulip nicht nur ihr gebrochenes Herz geheilt hatte, sondern zu der Frau geworden war, die zu sein ihr immer bestimmt gewesen war: stark und mutig. Königin Tulip, die diese Lande mit der Hilfe von sprechenden, lebendigen Riesenbäumen vor dem Bösen bewahrte. Das war der Stoff, aus dem Legenden gemacht waren. Dies war eine Frau, die großen Respekt verdiente. Er wünschte, er könnte sie treffen, aber sein Verlangen, Nimmerland zu erreichen, überstieg selbst die Faszination von Königin Tulips Sage.

„Für den Augenblick besteht mein einziger Wunsch und zugleich mein einziges Hindernis darin, diese Hexen ausfindig zu machen. Blackbeard meinte, dass sie mein Kommen spüren werden, aber bisher habe ich noch kein Anzeichen von ihnen gesehen", sagte James, während eine zierliche schwarze Krähe über ihren Köpfen kreiste und ein Krächzen ausstieß.

„Da wäre ich mir nicht so sicher", meinte Skylights, der sich zu Smee und James gesellt hatte und nun auf die Krähe deutete. „Das, Sir, ist eine ihrer Lakaien. Ihr Name ist Opal, und sie ist ein durchtriebener kleiner Teufel. Sie gehörte einst der Dunklen Fee, die diese Lande mit Feuer und Herzschmerz überzogen hat. Manche sagen, dass die Dunkle Fee sich geweigert habe, nach ihrem Tod in die Nebel zu entschwinden, und dass sie in ihrer Drachengestalt zurückkehren kann, um das Land wieder und wieder in Brand zu setzen, um jene zu bestrafen, die ihr die Tochter genommen haben." Das machte Smee noch nervöser. Seine Augen suchten prompt den Himmel nach Drachen ab.

James schüttelte den Kopf. „Hat Blackbeard dir das erzählt, Skylights? Drachen … also wirklich!"

„Das hat er in der Tat, Sir. All diese Geschichten finden sich im Buch der Märchen. Es ist in der Kiste, die er Ihnen gegeben hat, bevor wir den Treibenden Friedhof angesteuert haben, der mit dem Auge."

„Er hat mir nicht verraten, was sich in der Kiste befindet", sagte James, in Gedanken daran versunken, wie Blackbeard ihm die Kiste überreicht hatte, bevor sie sich auf den Weg zum Treibenden Friedhof gemacht hatten:

„Du darfst diese Kiste nicht öffnen, James, nicht, ehe du eine gute Entfernung zwischen dich und diese Lande gebracht hast und dich sicher in Nimmerland befindest. Wie groß die Versuchung auch sein mag, öffne sie nicht, während du dich in den Vielen Königreichen befindest. Vertrau mir, James. Die Verdrehten Schwestern würden vor nichts zurückschrecken, um den Inhalt der Kiste in die Finger zu bekommen. Aber ich habe längst den Preis dafür gezahlt, sie ihrer Schätze beraubt

zu haben, und es handelt sich bei ihnen um meine wertvollsten Besitztümer. Jetzt gehören sie dir."

„Seid Ihr sicher, dass Ihr sie mir geben wollt, Sir?"

„Da, wo ich hingehe, werde ich sie nicht brauchen, James. Jetzt geh! Finde das Leben, das du schon immer führen wolltest."

James hatte nicht einmal daran gedacht, die Kiste zu öffnen. Sein Freund hatte es ihm untersagt. Aber ihm gefiel der Gedanke, dass er etwas besaß, das die Verdrehten Schwestern haben wollten, sollte es dazu kommen.

In diesem Augenblick glitt Opal aus dem Himmel herab und landete neben James. Sie streckte ihr kleines Bein aus und hielt es ihm hin, sodass er die Schriftrolle entfernen konnte, die daran befestigt war. Sie stieß ein sanftes Krächzen aus und neigte den Kopf, bevor sie sich wieder in die Lüfte schwang. Ihre Flügel glitzerten im Sonnenlicht, das die blauen und lilafarbenen Nuancen ihres schwarzen Federkleids zurückwarf.

„Es ist von den Verdrehten Schwestern", sagte James mit Blick auf die Schriftrolle. „Es sieht ganz danach aus, als sei ich heute Abend zum Tee mit ihnen in den Wald der Toten eingeladen. Sie haben mich angewiesen, unterwegs einen Kuchen zu besorgen", erzählte er lachend. „Wie mächtig können diese Hexen schon sein, wenn sie sich nicht einmal ihren eigenen Kuchen herbeizaubern können?" Skylights zuckte beim Klang ihres Namens zusammen. Es war offensichtlich, dass die Verdrehten Schwestern jedermann in Angst und Schrecken versetzten, selbst Blackbeard. Also war James vielleicht ein klein bisschen zu leichtfertig, aber er konnte nicht an sich halten.

„Psst! Wahrscheinlich lauschen sie, Sir! Sprechen Sie nicht schlecht über die Gefürchteten Drei. Sie haben ihre Augen und Ohren überall." Skylights sah aus, als erwarte er, sie hinter jeder Biegung lauern zu sehen.

„Mach dich nicht lächerlich, Mann!", entgegnete James. „Smee, leg mir etwas Angemessenes zum Anziehen bereit. Ich möchte für diese Seltsamen Schwestern ganz den Gentleman geben."

„Sie heißen die Verdrehten Schwestern, Sir. Und was, wenn ich fragen darf, wäre für den Nachmittagstee mit Hexen angemessen?", fragte Smee.

„Mein bester Anzug natürlich, mit dem schwarzen Frack und meinem Zylinder", sagte James und dachte, was für eine gute Figur er bei den Damen machen würde. „Ja, Smee, ich denke, das ist genau richtig." So sehr er seine Piratentracht auch liebte, so gefiel ihm doch der Gedanke, ein wenig Abwechslung in die Sache zu bringen, und vor diesen Hexen im Wald der Toten einen bemerkenswerten Auftritt hinzulegen.

„Wie Sie meinen, Sir“, sagte Smee und verdrehte die Augen.

„Wenn die Aufmachung angemessen ist für Tee mit der Queen, dann wird sie wohl auch für die Merkwürdigen Schwestern angemessen sein“, sagte James.

„Sie heißen die Verdrehten Schwestern, Sir!“, zischte Smee, was James zum Lachen brachte. Smee trottete davon, um seinen Anzug bereitzulegen.

„Nun, wo könnte ich wohl einen Kuchen auftreiben?“, murmelte James mit Blick auf die Karte, die Blackbeard ihm hinterlassen hatte, und fragte sich, was der restliche Tag für ihn bereithielt.

Kapitel VIII

Der Kuchen der Verdrehten Schwestern

Mit der Pferdekutsche war es eine lange Reise von Königreich Morningstar bis zum Wald der Toten, den die Verdrehten Schwestern ihr Zuhause nannten. Aber wie das Glück es wollte, entdeckte James auf dem Weg eine kleine Bäckerei mit dem albernsten aller Namen. *Tiddlebottoms und Butterpants Bäckerei* lag am äußeren Rand eines bezaubernden kleinen Königreichs, umgeben von goldenen Blumen, die in der sanften Abenddämmerung glühten. Die Namen *Tiddlebottom* und *Butterpants* regten etwas in seiner Erinnerung an, aber er konnte nicht sagen, warum. Er war erschöpft von seiner langen Reise zu Schiff und nun mit der Kutsche, und er fühlte sich ein wenig ausgelaugt. Daher konnte er angesichts der Namen und der Verkettung von Ereignissen, die ihm widerfahren waren, seit er seinem Freund hinterher ins Meer gesprungen war, nur noch lachen.

In der nahen Ferne erblickte er einen einsamen und verfallenen Turm, der aus dem Wald herausragte. Als sie das Königreich passierten, fiel ihm die Geschichte wieder ein, die Skylights ihm erzählt hatte. Dass der Turm einst die Heimat – oder eher das Gefängnis – von der Frau gewesen war, die nun als Königin über diese Ländereien herrschte, als sie noch ein junges Mädchen gewesen war. Skyligths hatte ihm die seltsamsten Geschichten über die vielen Könige und Königinnen der verschiedenen Königreiche dieses Landes erzählt. Diese hier, so schien es, hatte magisches Haar, und sie war von einer Hexe in dem Turm gefangen gehalten worden, die das Haar des kleines Mädchens nutzen wollte, um ihre Schwestern wieder zum Leben zu erwecken. Schwestern mit den Namen Primrose und Hazel. So, wie Skylights die Ereignisse geschildert hatte, klang es alles recht makaber: die Vorstellung, das Haar eines kleinen Mädchens um die toten Körper der Schwestern zu wickeln, in der Hoffnung, sie von den Toten auferstehen zu lassen. Als James durch die Vielen Königreiche reiste, klangen ihm Skylights' Geschichten in den Ohren – bösartige Flüche, verhexte Spiegel, Schönheiten, die sich in Biester verliebten, Bäume, die laufen und sprechen konnten, und jetzt noch eine Hexe, die sich in Nekromantie übte – und nicht nur eine einzelne Hexe, sondern ganze Generationen davon, die über genau den Ort herrschten, dem er einen Besuch abstatten sollte. Aber in diesem Augenblick bestand seine Aufgabe darin, seinen Gastgeberinnen einen Kuchen zu beschaffen. Anscheinend war die Bäckerei mit dem lächerlichen Namen geschlossen, und er wusste nicht, was er jetzt tun sollte.

Schon durch die Fenster sah James, dass dies keine gewöhnliche Bäckerei war. Sie führte die absolut himmlischsten Torten, die er je gesehen hatte, Schachtel um Schachtel davon in allen nur erdenklichen Formen und Geschmacksrichtungen. Er konnte sich kaum ausmalen, welche er wählen würde. *Welche Kuchensorte identische Hexenschwestern wohl mögen?* Aber wie es aussah, würde er ohnehin mit leeren Händen aufkreuzen.

„Verdammter Mist, natürlich ist sie geschlossen, es ist ja beinahe Abend. Verfluchte Bäcker und ihre Zeiten", murmelte James. Dann entdeckte er eine junge Frau, die in dem Geschäft herumwerkelte, zweifellos, um das Gebäck für den nächsten Tag vorzubereiten. Obwohl ihm unbegreiflich war, weshalb sie das tat, wo es doch offenkundig war, dass sie bereits so viele atemberaubende Torten kreiert hatte. Er fragte sich, ob sie nicht vielleicht eine arme Seele aus einem dieser Märchen war, dazu verflucht, bis in alle Ewigkeit zu backen, oder zu ähnlichem Unsinn.

„Verzeihung, gute Frau!", sagte James und klopfte leicht gegen das Fenster. „Bitte, dürfte ich wohl nur einen einzigen Ihrer köstlich aussehenden Kuchen erwerben? Ich würde Ihnen eine hübsche Summe zahlen." James klopfte immer entschlossener an das Fenster. Innerhalb weniger Augenblicke hatte die heitere junge Frau den Weg zur Tür zurückgelegt und sie geöffnet.

„Kann ich Euch helfen?", fragte sie und beäugte ihn misstrauisch. „Ihr seid nicht von hier, nicht wahr, Sir?" James bemerkte, wie sie seine Kleidung mit einem vielsagenden Blick bedachte und ihn abschätzend musterte, und er entschied, dass sie wohl nicht recht wusste, was sie von ihm halten sollte.

„Nein, gute Frau, ich bin erst vor Kurzem in Ihrem magischen Königreich eingetroffen. Verzeihen Sie die Störung. Sind Sie Mrs. Tiddlebottom? Ich möchte gern einen Kuchen erstehen, vielleicht den Mandelkuchen im Fenster dort? Ich bin auf dem Weg zu einem Besuch bei den Sonderbaren Schwestern, und ich würde nur ungern ohne den Kuchen eintreffen, um den sie mich ersucht haben." James drückte Mrs. Tiddlebottom einige Münzen in die Hand, in der Hoffnung, sie damit zu überzeugen, aber sie bemerkte es kaum, sondern starrte ihn an, als hätte sie gerade einen Geist gesehen.

„Meint Ihr die Verdrehten Schwestern?" Mrs. Tiddlebottom warf James den merkwürdigsten Blick zu. Allmählich dämmerte ihm, dass er sich mit der Wahl seiner Garderobe wohl einen Fehltritt erlaubt hatte. In

Anbetracht der Art und Weise, wie die Menschen sich in diesem Land kleideten, wäre seine Piratentracht wahrscheinlich um einiges besser angekommen. Es machte auf James den Eindruck, dass man sich hier nicht viel anders kleidete als bei ihm daheim, nur zu altertümlicheren Zeiten. Daher war es also kein Wunder, dass die Frau ihn so irritiert betrachtete. Sie hatte Kleidung wie diese noch nie gesehen.

„Ja, vermutlich meine ich wohl die Verdrehten Schwestern“, antwortete James mit einem erheiterten Glucksen. Inzwischen bereitete es ihm ein immenses Vergnügen, ihren Namen falsch zu sagen. Irgendetwas daran beruhigte seine Nerven angesichts ihres baldigen Treffens.

„Seid Ihr Euch ganz sicher, dass es die Verdrehten Schwestern waren, die Euch darum ersucht haben? Darf ich fragen, auf welchem Wege Euch der Wunsch erreicht hat?“, fragte sie und betrachtete James mit einem Blick aus zusammengekniffenen Augen, der ihm verriet, dass sie ihm nicht glaubte.

„Ich bin mir absolut sicher, Mrs. Tiddlebottom. Und wenn Sie es unbedingt wissen müssen, sie haben die Nachricht mit einer Krähe geschickt.“

Das ließ Mrs. Tiddlebottoms Augen kugelrund werden. „War sie eine zierliche Kreatur, mit schwarzen Federn, die im Licht blau und lila glänzten? Ist sie Ihnen wie nicht von dieser Welt erschienen?" Mrs. Tiddlebottom wirkte ganz so, als fürchte sie sich vor seiner Antwort.

„Das würde ich so sagen", bestätigte er. „Warum fragen Sie? Gibt es etwas, das ich über die Verdrehten Schwestern und ihre Kreatur wissen sollte?"

Mrs. Tiddlebottom lächelte. „Es gibt eine ganze Vielzahl an Dingen, die Ihr über die Verdrehten Schwestern und ihre Lakaien wissen solltet. Jedoch bleibt uns jetzt keine Zeit, sie zu erörtern. Darf ich Euch unsere größte, sechsstöckige Torte vorschlagen, Sir? Die Liebe der Schwestern zu Kuchen ist legendär. Obwohl mir nicht bekannt war, dass sie derzeit in der Verfassung sind, welchen zu bestellen, geschweige denn zu essen."

James beschlich das Gefühl, dass diese Frau eine lange Geschichte mit den Verdrehten Schwestern verband, und irgendetwas an deren Verlangen nach einem Kuchen verstörte sie zutiefst. Und dann fiel ihm auf einen Schlag wieder ein, warum ihm ihr Name so bekannt vorgekommen war, als er ihn zum ersten Mal am Fenster der Bäckerei gelesen hatte. Diese junge Frau musste die Enkeltochter von Mrs. Tiddlebottom sein, der bekannten Bäckerin, die früher einmal die Nanny der Königin dieses Reiches gewesen war. Ausgerechnet die Frau, die – mit der Hilfe der Verdrehten

Schwestern – von der alten Hexe terrorisiert worden war. Der Hexe, die verzweifelt versucht hatte, ihre Schwestern Primrose und Hazel mit dem magischen Haar der Prinzessin wieder zum Leben zu erwecken – des armen Mädchens, das im Turm weggesperrt worden war, der Prinzessin, die inzwischen zur Königin dieses Reiches herangewachsen war.

„Ich möchte nicht unverschämt erscheinen, gute Frau, aber darf ich fragen, ob Sie mit der Nanny der Königin verwandt sind? Sie tragen denselben Namen, und er scheint mir nicht sonderlich geläufig zu sein."

Mrs. Tiddlebottom warf ihm einen neugierigen Blick zu. „Ihr habt also im Buch der Märchen gelesen? Ich kann mir vorstellen, dass die Herrinnen des Waldes der Toten äußerst versessen darauf sind, es zurückzubekommen. Ich nehme an, dass Ihr deswegen hier seid. Und um Eure Frage zu beantworten, ich bin ebenjene Mrs. Tiddlebottom, an die Ihr Euch aus dieser schrecklichen und verworrenen Geschichte erinnert. Aber das ist alles, was ich einem Fremden zu diesem Thema sagen werde. Gewiss werde ich den Damen des Waldes der Toten einen Besuch abstatten, um in Erfahrung zu bringen, wie es angehen kann, dass die Verdrehten Schwestern sich in der Verfassung befinden, Kuchen zu bestellen, geschweige denn zu essen."

James empfand diese Frau als äußerst verwirrend.

Sie war offensichtlich um einiges jünger als die Frau aus der Geschichte, die Skylights ihm erzählt hatte. Er fragte sich, ob das auf alle in den Vielen Königreichen zutraf. „Sie scheinen mir viel zu jung, um dieselbe Frau zu sein“, platzte er heraus, unfähig, an sich zu halten.

„Das bin ich, aber es gibt viele Dinge über diesen Ort, die Ihr noch nicht versteht. Magie, die so alt ist, dass es ein Menschenalter brauchen würde, um sie zu entdecken. Ich weiß nur davon, weil ich dank der Magie dieser Blumen bereits mehrere Lebzeiten auf dieser Erde verbracht habe“, sagte sie, und ihr Blick huschte über die goldenen Blumen, die sich über die gesamte Landschaft der Vielen Königreiche zu verbreiten schienen. „Nun, wie steht es um die sechsstöckige Torte, über die wir gesprochen hatten? Soll ich sie für Euch bereit machen?“, fragte sie, und ihr Tonfall machte deutlich, dass sie keine weiteren seiner Fragen zu beantworten wünschte.

„Sechs Stockwerke sollen es also sein!“, sagte er mit einem Kopfschütteln. „Sagt mir, sind diese Verrückten Schwestern wirklich so schrecklich, wie man sich erzählt?“ Ohne es zu beabsichtigen hatte er die Stimme gesenkt, aus Angst, sie mit weiteren Fragen aus der Fassung zu bringen.

„Oh, sie sind weitaus schrecklicher, als Ihr Euch je vorstellen könnt. Aber vielleicht wird der Kuchen sie ablenken. Ich werde meinen Gatten, Mr. Butterpants, bitten, ihn für Euch zur Kutsche zu bringen, Sir. Keine Sorge, sie werden ihr Geschenk lieben", sagte Mrs. Tiddlebottom und rauschte Hals über Kopf in Richtung Küche davon.

James kniff die Augen zusammen, als er beobachtete, wie die nervöse Frau davonhuschte. Er fragte sich, ob er diesem Teil seines Abenteuers mit dem gebührenden Ernst begegnete.

Über eine Stunde wartete er darauf, dass der Kuchen herausgebracht wurde, und als es endlich so weit war, stellte er überrascht fest, dass er weitaus größer war als nur sechs Stockwerke – und geschmückt mit einer Menagerie aus Marzipantieren. James hatte noch nie so eine Torte gesehen, noch nicht einmal in den Hallen Ihrer Majestät in London. Die Torte war so gigantisch, dass sie auf ihrem eigenen Pferdekarren herausgebracht werden musste.

„Dies ist mein Gemahl, Mr. Butterpants, Sir. Er wird Eurer Kutsche hinterherfahren und bei der Auslieferung des Kuchens behilflich sein. Aber er wird den Wald der Toten nicht betreten, um nichts auf der Welt. Es ist ein toter Ort, Sir, beherrscht von Hexen mit Macht über die Toten. Schreckliche Dinge sind dort geschehen", sagte Mrs. Tiddlebottom.

James wusste nicht, was er darauf erwidern sollte.

Er wagte nicht zu fragen, warum der Ehemann und seine Gattin nicht denselben Nachnamen trugen, aber andererseits schien man die Dinge in diesem Land anders zu handhaben. „Obwohl dies wahrhaftig der atemberaubendste Kuchen ist, der mir je zu Gesicht gekommen ist, meinen Sie nicht, dass er ein wenig zu viel des Guten ist?“

Mr. Butterpants und Mrs. Tiddlebottom schüttelten die Köpfe.

„Nein, Sir, die Schwestern lieben ihren Kuchen, und es ist das Beste, um sie glücklich zu machen“, sagte Mr. Butterpants. Auf ihren Gesichtern lag ein unbestreitbarer Ausdruck von Nervosität, und James beschlich das ungute Gefühl, dass er mit der bloßen Erwähnung der Verdrehten Schwestern ihren Tag ins Chaos gestürzt hatte. Worauf hatte er sich da nur eingelassen? Es war alles ziemlich lächerlich, allein die Vorstellung, einen so gigantischen Kuchen mitzubringen. Aber er entschied, einfach mitzuspielen. Wenn diese Hexen so vernarrt in ihren Kuchen waren, warum sollte er dann nicht den allergrößten mitbringen, den es zu kaufen gab, und noch dazu von den bekanntesten Bäckern der Vielen Königreiche? Sicherlich würde er damit mächtig Eindruck schinden und die Hexen so am ehesten dazu bewegen, ihm bei seiner Suche nach Nimmerland zu helfen.

„Ich danke Ihnen für alles. Es ist ein wahrhaft atemberaubender Kuchen. Aber bitte, lassen Sie mich Ihnen noch etwas mehr geben. Was ich Ihnen bezahlt habe, deckt ja nicht einmal die Kosten der Zutaten", sagte James und zog einige weitere Goldmünzen aus seiner Tasche.

„Nein, es ist uns eine Freude, Sir", erwiderte Mr. Butterpants, aber James bestand darauf und drückte ihm die Münzen in die Hand.

„Ich danke Ihnen, Mr. Butterpants und Mrs. Tiddlebottom, wünschen Sie mir Glück", sagte James, während er in seine Kutsche stieg. Er winkte ihnen zu, als sie anrollte, und fragte sich, was der Rest des Tages wohl bringen mochte.

Kapitel IX

Die Herrinnen des Waldes der Toten

Der Wald der Toten war von einem hoch aufragenden, undurchdringlichen Dickicht aus Rosenbüschen umgeben. Es war so hoch, dass James nur den Wintergarten am höchsten Punkt des Hauses sehen konnte, das wie im Sonnenlicht leuchtete, obwohl es inzwischen dunkel war. Er hatte gehört, dass das Dickicht abgestorben, verdorrt und voller Dornen wäre, aber die Rosen strotzten nur so vor Leben und blühten in der tiefsten, wundervollsten Schattierung von Rot, die er je gesehen hatte. Dies hatte nichts mit dem toten Ort gemein, den Skylights ihm beschrieben hatte, und er begriff nicht, warum man ihn den Wald der Toten nannte.

„Das kann nicht richtig sein, es gibt keinen Eingang", sagte James.

„Wir sind am richtigen Ort, Sir", versicherte der Kutscher, der überaus verängstigt wirkte. Seine Augen huschten wild umher, als erwarte er, dass jeden Augenblick etwas Bösartiges aus den Büschen sprang.

Ob er einen Fehler damit begangen hatte, an diesen

Ort zu kommen? Die Lächerlichkeit der Torte einmal beiseite, begannen die Geschichten, die er über die Hexen gehört hatte, ihn zu beunruhigen. Gerade als er sich selbst ermahnt hatte, dass er wahrscheinlich überreagierte, tat sich in einem rot wirbelnden Strudel eine Öffnung in dem Dickicht direkt vor ihren Füßen auf. Inmitten der lodernden roten Flammen stand die wohl strahlendste Frau, die James je gesehen hatte.

Ihr Haar war lang und hellgolden, und es leuchtete mit einem Licht, das aus ihrem tiefsten Inneren zu stammen schien. Sie trug ein langes, silbernes Kleid, und auf ihrem Schlüsselbein ruhte ein silberner Anhänger, der die drei Phasen des Mondes abbildete. Sie sah aus, als stamme sie nicht von dieser Welt, und dann fiel ihm wieder ein, dass er sich nicht länger in seiner eigenen Welt aufhielt und es demnach eine schlichte Feststellung der Tatsachen war, diese Frau als überirdisch zu bezeichnen – und damit vielleicht nicht so außergewöhnlich, wie es ihm in diesem Augenblick vorkam. Doch James hatte so ein Gefühl, dass die Frau selbst gemessen am Standard dieser Welt noch außergewöhnlich war.

„Hallo, James, ich bin Circe, die Königin dieses Landes. Seid willkommen“, sagte sie. Und augenblicklich überkam ihn eine angenehme Ruhe, als sie ihm bedeutete, durch den magischen Wirbel zu gehen.

„Bitte, kommt herein. Ich werde jemanden hinausschicken, um den Kuchen abzuholen“, sagte sie und lachte angesichts seiner Größe, während James aus seiner Kutsche stieg.

Er zögerte kurz, bevor er durch den Wirbel schritt. Er hatte so viele Geschichten über die Frauen aus dem Wald der Toten gehört, und obwohl er Dinge erlebt hatte, von denen er sein Lebtag nicht zu träumen gewagt hätte, war er dennoch überwältigt von der Magie dieses Ortes.

„Hier entlang, ich versichere Euch, es ist sicher.“

Circe führte ihn durch die wohl atemberaubendsten Ländereien, die er je gesehen hatte. In der Mitte des Hofes erhob sich ein Springbrunnen mit der Statue einer Gorgone, umgeben von tanzenden Nymphen. Dies wirkte auf ihn nicht wie ein toter Ort. Im Gegenteil, er war üppig und strotzte nur so vor den gleichen wundervollen goldenen Blumen, die James bereits auf seinem Weg gesehen hatte. Sie strahlten wie das Sonnenlicht und warfen einen magischen Glanz auf das steinerne Anwesen, das mit den Statuen von Wasserspeiern, Drachen und Harpyien geschmückt war.

Das Anwesen selbst war seltsam. Auf James wirkte es, als sei der Wintergarten eine Ergänzung zu dem steinernen Teil des Gebäudes, der altertümlich und bedrohlich über ihm aufragte, während der Wintergarten mit seiner gläsernen Kuppel geradezu vor Hoffnung und Liebe zu erstrahlen schien. Beinahe, als hätte die Person, die es errichtet hatte, beabsichtigt, diesen Ort in etwas gänzlich anderes zu verwandeln, als der ursprüngliche Besitzer im Sinn gehabt hatte.

James liebte alte Architektur, und dieses Haus war älter als alles, was er bisher gesehen hatte. Er war wie gebannt von dem Eindruck, dass die steinernen Kreaturen, die auf jedem nur erdenklichen Vorsprung hockten, lebendig zu sein schienen. Vielleicht ging auch nur seine Fantasie mit ihm durch, aber er meinte, tiefe Risse zu erkennen, die aussahen, als hätten die Kreaturen sich vom Gemäuer losgerissen, nur um anschließend an ihre Ruhestätte zurückzukehren. Aber selbst mit diesen unheimlichen steinernen Kreaturen fand er, dass dies ein Ort von atemberaubender Schönheit war, mit seiner glänzenden Glaskuppel und einem Garten voller Blumen, die selbst im tiefsten Dunkel der Nacht noch wie von der Sonne geküsst schienen.

„Ihr seid sehr aufmerksam, James. Dies war einst ein trostloser Ort, voller Kummer, unberührt von der Sonne. Es ist noch immer der Ort, an dem die Toten verweilen, aber er muss nicht länger in Schatten und Angst gehüllt sein. Er muss kein toter Ort sein", sagte Circe und geleitete ihn auf das große Anwesen zu, vor dem zwei Frauen darauf warteten, sie in Empfang zu nehmen.

„Ihr seid sowohl eine Gedankenleserin als auch eine Hexe?“, fragte James und betrachtete die majestätischen Frauen vor ihm. „Mir scheint, es hat sich vieles verändert, seit Blackbeard diesen Ort besucht hat. Er ist nicht annähernd so, wie ich erwartet hätte.“

Circe lächelte. „Es hat sich in der Tat vieles verändert, seit er hier war.“

In diesem Augenblick gesellten sich die anderen beiden Frauen zu ihnen. Wie er so dastand und die drei Frauen vor sich musterte, verstand James nicht, warum Blackbeard sich so vor ihnen gefürchtet hatte … warum *irgendjemand* sich vor ihnen fürchten sollte. Diese Hexen, falls sie es tatsächlich waren, sahen nicht abscheulich aus. Sie ähnelten einander nicht einmal, so wie Blackbeard es beschrieben hatte.

„Dies sind meine Tanten, Primrose und Hazel. Sie herrschen hier an meiner Seite über den Wald der Toten, und sie können ebenfalls Gedanken lesen.“ Sie zwinkerte James zu, der vollständig entwaffnet war. Hazel hatte hellblaue Augen, silbernes Haar und Haut wie Alabaster, und Primrose hatte rosig runde Wangen mit einem Hauch von Sommersprossen und rotes Haar. Diese Frauen waren wahrhaftig bezaubernd. James war die Welt der Könige nicht fremd. Sein Vater war ein Herzog, seine Mutter eine Herzogin, und er war der Erbe des Titels und Stammsitzes seines Vaters. Er hatte sogar im Palast diniert. Nichts von alldem hatte ihn in seiner Jugend über die Maßen eingeschüchtert, aber sich in der Gegenwart dieser Frauen wiederzufinden, dieser Königinnen, war etwas vollkommen anderes. Zum ersten Mal in seinem Leben fehlten ihm die Worte, und er fühlte sich seltsam unbeholfen.

„Man hatte mir gesagt, dass es sich bei Euch um drei identische Schwestern handele, mit rabenschwarzem Haar und kreidebleichen, furchterregenden Gesichtern.“ Es überraschte ihn selbst, dass er so unverblümt sprach, und er war überaus erleichtert, als die drei in heiteres Gelächter ausbrachen.

„Ihr verwechselt uns mit meinen Müttern“, sagte Circe. Ihr Lächeln war voller Herzlichkeit, und James konnte keinerlei Arglist in ihr erkennen. Für gewöhnlich war er äußerst scharfsinnig, wenn es darum ging, die Menschen, auf die er traf, einzuschätzen. Stets konnte er ihre wahre Natur hinter dem lieblichen Lächeln und den freundlichen Worten erkennen, und bei dieser Frau sah er nichts als Güte.

„Bitte entschuldigt, Königin Circe, ich hatte keine Ahnung“, hob James zu sprechen an. Er war nervöser, als er sich in London in königlicher Gesellschaft je gefühlt hatte.

„Kein Grund, Euch zu entschuldigen, James. Meine Mütter wurden bereits in weitaus schlimmeren Worten beschrieben", sagte Circe mit dem gnädigsten Lächeln auf den Lippen. James war hingerissen von diesen Frauen, und zum ersten Mal in seinem Leben verstand er die wahre Bedeutung davon, bezaubert zu sein. Er war ihrem Zauber mit Haut und Haar erlegen.

„Bitte, James. Wir haben Euch erwartet. Lasst uns hineingehen", bat Hazel.

„Ja, und lasst uns diesen köstlichen Kuchen anschneiden, den Ihr mitgebracht habt", fügte Primrose hinzu. Ein monströser und doch seltsam würdevoller Geist eines Mannes dirigierte den Karren mit dem Kuchen in den Innenhof. James konnte seinen Blick nicht von ihm losreißen. Bei näherem Hinsehen begriff er, dass er nicht mehr war als ein Skelett mit ledriger Haut, die sich eng über die Knochen spannte. Doch irgendwie strahlte dieser Mann, oder was einmal ein Mann gewesen war, vor Leben, Intelligenz und sogar Herzensgüte.

„Dies, James, ist unser Großvater, Sir Jacob, und Ihr habt vollkommen recht, er ist ein äußerst gütiger Mann", sagte Circe mit einem Lächeln. James konnte nicht anders, er war wie geblendet von den drei Frauen. Sie alle schienen zu strahlen wie die Blumen, die ihren Hof füllten, und seltsamerweise schien es für sie das

Natürlichste auf der Welt zu sein, inmitten der Toten zu leben. Dies waren wahrhaftig rätselhafte Frauen.

„Es ist mir eine Freude, Eure Bekanntschaft zu machen, Sir Jacob", sagte James, ohne den Blick von den betörenden Frauen abzuwenden. „Was sind das für bezaubernde Blumen? Ich habe sie überall in den Vielen Königreichen gesehen", fragte er kurz darauf, während sie ihn durch Eingangshalle geleiteten, die mit wundersamen Schnitzereien von allerlei schaurigen Kreaturen gefüllt war.

„Die Blumen waren einst überaus selten in diesen Ländereien, gezüchtet und gehortet von den Königinnen, die vor uns kamen. Aber wir befinden uns jetzt in einem neuen Zeitalter, einem, in dem die Königinnen der Toten ihre Magie teilen", sagte Circe und fasste Hazel und Primrose bei den Händen.

„Sind dies die gleichen Blumen, die Königin Tulip ihre Unsterblichkeit geschenkt und Mrs. Tiddlebottom wieder jung haben werden lassen?", fragte er.

Hazel wandte sich um und warf James einen Blick zu. „Wir wussten, dass Ihr intelligent seid, aber ich hätte mir nicht vorstellen können, dass Ihr auch derart intuitiv seid. Ihr beeindruckt mich, James."

„Vielen Dank, Mylady. Es erscheint mir seltsam, dass die Menschen hier sich noch immer vor Königin Circes Müttern fürchten. Sie sprechen von einem anderen Zeitalter. Wie lange ist es her, dass die Verdrehten Schwestern verstorben sind?“, fragte James und wünschte insgeheim, Skylights hätte ihm mehr über den Wald der Toten erzählt.

„Sie sind nun schon so lange fort, dass sie die Vielen Königreiche nicht wiedererkennen würden. So vieles hat sich seit dem Bruch der Welten verändert“, sagte Circe. „Aber meine Mütter sind nicht verstorben. Sie sind weder lebendig noch tot, sie verweilen an einem Ort zwischen den Welten, wo sie weder anderen noch sich selbst Schaden zufügen können. Ich fürchte, jene in den Vielen Königreichen erinnern sich nur zu gut an den Schrecken, den sie verbreitet haben, und haben bis zum heutigen Tag Angst, als würden sie noch unter uns weilen.“

„Mrs. Tiddlebottom wirkte recht alarmiert, dass sie mich mit dem Auftrag losgeschickt hatten, ihnen einen Kuchen zu besorgen. Sie sagte, sie werde Euch einen Besuch abstatten.“

Circe seufzte. „Sie hat guten Grund, ihre Rückkehr in die Vielen Königreiche zu fürchten. Sollten sie tatsächlich in das Reich der Lebenden zurückkehren, würde alles in Chaos und Zerstörung versinken. Ich werde an Mrs. Tiddlebottom schreiben und ihr versichern, dass sie sich nicht zu sorgen braucht“, versprach Circe mit gerunzelter Stirn. „Obwohl eine Ewigkeit vergangen ist, seit meine Mütter in der Zwischenwelt eingesperrt wurden, gibt es immer noch jene, die sich an ihre Schreckensherrschaft erinnern und ihre Rückkehr fürchten."

„Lass uns James nicht mit unserer Vergangenheit langweilen, Circe", sagte Primrose mit ihrem verschmitzten Lächeln, das Grübchen auf beide Seiten ihrer Stupsnase zauberte.

„Königin Circe langweilt mich nicht im Geringsten, Lady Primrose, ich finde diese Geschichte höchst spannend", erwiderte James und fragte sich, was Circe mit dem „Bruch der Welten" gemeint hatte.

„Ich meine genau das", beantwortete Circe seine stumme Frage. „Vor langer Zeit gab es noch eine vierte Verdrehte Schwester, und meine Mütter schätzten sie über alle Maßen. Sie waren ganz vernarrt in sie und liebten sie mehr als sich selbst. Aber eines schrecklichen Tages setzte die Dunkle Fee das Feenreich in einem Anfall von Wut über ihre Misshandlung durch die Hände der anderen Feen in Brand und tötete dabei versehentlich ihre Schwester. Meine Mütter waren so verzweifelt darauf aus, ihre Schwester zurückzubekommen, dass sie einen Zauber ersannen, um eine neue Schwester zu erschaffen, indem sie die besten Teile von sich selbst opferten. Auf diese Weise erschufen sie eine Tochter nach dem Abbild ihrer toten Schwester. Dieser Zauber raubte ihnen den besten Teil ihres Wesens. Alles, was einst gut an ihnen gewesen war, gehört jetzt ihrer Tochter. Mit der Zeit trieb das Opfer der Verdrehten Schwestern sie in den Wahnsinn und brachte sie dazu, Schmerz und Zerstörung bis in die vielen Ecken der Welten zu verbreiten. Und ich bin diese Tochter."

James wusste nicht, was er darauf sagen sollte. Einmal mehr kam es ihm so vor, als wandelte er in einem Traum. Nichts, was geschehen war, seit er von Blackbeards Schiff gesprungen war, erschien ihm real.

„Und Circe war gezwungen, sich selbst zu opfern, damit ihre Mütter wieder ganz sein konnten", fuhr Hazel fort. „Aber ihre Mütter wollten das nicht zulassen. Mit der Hilfe eines Gottes verbannten sie Circe aus der Zwischenwelt, führten so den Bruch der Welten herbei und zerrissen sich selbst einmal mehr jenseits jeglicher Hoffnung. Jetzt ist Circe also hier, nachdem sie die Welten wieder zusammengefügt hat, und nimmt sich des Schadens an, den ihre Mütter angerichtet haben, während ihre Mütter in der Zwischenwelt gefangen sind."

„Und aus dem Grund sind die Vielen Königreiche von diesen magischen Blumen bedeckt? Sie haben ihre Magie verwendet, um die Welten zusammenzufügen?"

„Ja, sie sind eine der vielen Formen der Magie, die wir verwendet haben. Hinter dieser Geschichte steckt noch viel mehr, selbstverständlich. Aber wir sind nicht hier, um über unsere Vergangenheit zu sprechen", sagte Circe, verloren in ihren Erinnerungen an einen anderen Ort, eine andere Zeit.

James fragte sich, welche Tortur diese Frauen überstanden haben mussten. Er konnte ihren Schmerz so deutlich erkennen wie ihre Güte, aber er war ein Gentleman und würde sie nicht drängen, mehr preiszugeben, als sie freiwillig zu teilen bereit waren.

„Das ist sehr freundlich von Euch, James. Ich sehe jetzt, weshalb meine Mütter so versessen darauf waren, dass wir Bekanntschaft mit dem Mann machen, der Blackbeards Fluch gebrochen hat", sagte Circe.

James begriff noch immer nicht, wie die Verdrehten Schwestern ihm die Nachricht hatten schicken können, einen Kuchen mitzubringen. Einen Kuchen, den sie nicht einmal essen konnten. Es sei denn natürlich, dass dies nur ein Mittel zum Zweck gewesen war, um jene zu terrorisieren, die sie noch immer fürchteten – wie die arme Mrs. Tiddlebottom.

Woher Circe wissen konnte, dass ihre Mütter darauf brannten, ihn kennenzulernen, überstieg seinen Verstand.

„Kommt, James, lasst uns hineingehen. Wir werden all Eure Fragen beantworten, aber im Wintergarten können wir es uns bequemer machen", sagte Primrose.

Als sie durch das Anwesen schritten, staunte James über die Stauten und die in den Stein gehauenen Fresken an den Wänden. Das war es, was er von einem Ort erwartet hatte, der sich der Wald der Toten nannte. Er passierte bemerkenswert verblüffende Räume mit geschnitzten Drachen, eine Bibliothek mit steinernen Krähen auf den Regalen und einen Raum, der wie eine Kinderstube aussah, mit einem riesigen steinernen Vogelnest, umgeben von Raben.

„Ja, dieser Teil des Hauses wurde von den Königinnen erbaut, die vor uns kamen. Manche von ihnen verhasst und in Tod und Elend gehüllt. Wir haben beschlossen, diesen Teil unseres Heims so zu belassen, wie er war. Als ständige Erinnerung daran, niemals auf den Pfaden dieser vergangenen Königinnen zu wandeln", sagte Hazel.

Ihr Aufstieg zum höchsten Punkt des Anwesens erschien ihm endlos, bis sie schließlich den Wintergarten erreichten, einen vollständig aus Glas errichteten Raum mit einem atemberaubenden Ausblick über den Wald der Toten. So weit das Auge reichte, erstreckten sich unzählige Grabsteine und Grüfte auf einer Decke aus glitzernden, strahlenden, goldenen Blumen.

„Dies ist ein wahrhaftig wundervoller Raum", sagte James beeindruckt.

„Danke, unsere Schwester Gothel hat ihn für uns

errichtet", erwiderte Hazel. Er sah, wie sie sich in diesen Worten verlor und zwischen jener Zeit und dieser dahintrieb wie ein Geist im Nebel.

„Ihr seid ein sehr faszinierender Sterblicher, James. Ihr seht Dinge, die anderen verborgen bleiben", sagte Hazel. „Wir fragen uns, ob Ihr in den Vielen Königreichen nicht glücklicher sein könntet." Sie lächelte aufrichtig.

„Wir wären mehr als glücklich, Euch hier im Wald der Toten zu Gast zu haben", setzte Primrose hinzu. „Ihr scheint hierherzugehören."

James richtete seinen Blick auf den Friedhof zu ihren Füßen. Es fiel ihm schwer, zu begreifen, wie diese betörenden Frauen hier umgeben von so viel Tod leben konnten. Er fragte sich, ob dies nicht der Grund für die Trübseligkeit war, die wie eine dunkle Wolke über sie zu kommen schien und ihr Licht dämpfte.

„Wir sind die herrschenden Königinnen der Toten. Dies ist unser Zuhause", sagte Primrose lächelnd.

„Und es ist wahr, Kummer hängt an uns wie der Nebel, der uns manchmal in ewiger Verzweiflung zu ersticken droht. Aber es ist nicht Kummer um die Welt, wie sie jetzt ist, es ist die Trauer um das, was einst war und wieder sein wird, wenn wir nicht wachsam sind." Hazel sah aus, als wäre sie gefangen irgendwo zwischen dieser Welt und jener, die sie fürchtete.

„Es ist unsere Pflicht, dieses Land zu bewahren und zu beschützen und dafür Sorge zu tragen, dass es nie wieder meinen Müttern in die Hände fällt. Sie würden es in einen Ort des Schreckens und der Albträume verwandeln und ihre Macht in allen Welten spürbar machen, einschließlich der Euren, James, selbst in Eurem geliebten Nimmerland." Circes Worte säten eine tiefe, durchdringende Furcht in James' Herz.

„Aber lasst Euch davon nicht beunruhigen. Wir sind nicht im Geringsten wie unsere Mütter und Schwestern vor uns", sagte Primrose und deutete mit der Hand auf einen Tisch, auf dem in einer Reihe Porträts von Frauen in ovalen Rahmen aufgestellt waren. Und dort entdeckte er sie, die Verdrehten Schwestern, die identischen Hexen. Ihre Gesichter schienen ihn von ihrem Ehrenplatz aus anzustarren, inmitten der Porträts von, wie er vermutete, den vielen Königinnen, die ihnen vorangegangen waren.

„Das ist richtig, James, dort ehren wir die Königinnen des Waldes der Toten", sagte Circe, die erneut seine Gedanken gelesen hatte. Er zuckte zusammen. Sosehr er diese Frauen auch verehrte, er konnte sich einfach nicht daran gewöhnen, dass sie seine Gedanken lasen. Obwohl er irgendwie wusste, dass sie sich alle nur erdenkliche Mühe gaben, nicht allzu aufdringlich zu sein.

„Ich verstehe das alles nicht ganz. Denn wie mir scheint, ist die Macht Eurer Mütter bereits in allen Welten zu spüren. Wie sonst waren sie in der Lage, mich hierher einzuladen? Und warum um alles in der Welt haben sie mich gebeten, einen Kuchen mitzubringen?“, fragte er, außerstande, seinen Blick von den endlosen Reihen an Gräbern abzuwenden, weit unten in der Tiefe, oder von den skelettartigen Kreaturen, die Sir Jacob dabei behilflich waren, die riesige Torte hineinzutragen. Diese Kreaturen schienen nicht von demselben Geist beseelt zu sein, der Sir Jacob innewohnte. Sie waren anders, stumm, ihnen fehlte der Lebensfunken, den James in ihrem Anführer gespürt hatte.

„Meine Mütter haben Opal in ihrem Besitz, die geliebte Krähe der Dunklen Fee. Sie ist jetzt ihr Lakai, und sie verweilt in der Zwischenwelt, aber anders als meinen Müttern steht es ihr frei, sich zwischen den Welten zu bewegen. Sie sind in der Lage, mit ihr Botschaften zu verschicken, und durch einen magischen Spiegel, den ich ihnen geschenkt habe, um es der armen Opal zu ersparen, ständig mit ihren vielen Botschaften zwischen den Welten hin- und herzufliegen, mit uns zu sprechen.“ Sie lachte, aber James hörte, dass es ein trockenes Lachen und Circes Herz mehr als nur gebrochen war.

„Mir scheint, Euren Müttern gefällt es, sich in die

Leben anderer einzumischen, rein aus Spaß an der Freude", sagte er. „Wie sie mich gebeten haben, Euch einen Kuchen mitzubringen, während sie ganz genau wussten, wo ich ihn besorgen würde, und in dem Wissen, welchen Schrecken das auslösen würde – das ist boshaft." Das brachte die Frauen zum Lachen, und James hatte den Eindruck, dass sie seit einer ganzen Weile nicht mehr so herzhaft gelacht hatten.

Primrose lachte so heftig, dass sie sich die Tränen von den Wangen wischen musste. „Boshaft, das ist süß."

Selbst Hazel, die stoischste der drei, wurde von Lachkrämpfen geschüttelt. „Ja, James, Ihr habt recht. Sie sind boshaft, aber das ist noch das geringste ihrer Vergehen."

„Nun, aus welchem Grund sie mich auch hergebracht haben, es ist mir eine Ehre und eine Freude, die Bekanntschaft von Euch edlen Damen gemacht zu haben."

„Ganz im Ernst, wir hatten schon bezweifelt, dass Ihr jemals kommen würdet. Es sind so viele Jahre vergangen, seit Blackbeard den Wald der Toten besucht hat, lange bevor Ihr geboren wurdet. Aber die Verdrehten Schwestern haben immer darauf beharrt, dass Ihr zu uns kommen würdet, sobald Blackbeard Euch endlich die *Jolly Roger* geschenkt hätte", sagte Circe.

„Das ist unmöglich. Blackbeard kann nicht mehr als zwanzig Jahre älter als ich gewesen sein", sagte James.

„Meine Mütter haben Blackbeard dazu verflucht, weder im Leben noch in der Erlösung des Todes Ruhe zu finden. Das war seine Strafe dafür, ihre Schätze gestohlen zu haben."

James war entsetzt. „Wie meint Ihr das?"

„Er hat ein außergewöhnlich langes Leben gelebt, James. Eines, in dem es ihm nicht gestattet war, zu schlafen. Und ganz gleich, wie tödlich er auch verwundet war, so konnte er doch nicht sterben. Ich hoffe, dass er jetzt endlich zur Ruhe kommen kann", seufzte Circe.

„Oh, das hoffe ich auch", sagte Primrose. „Er schien sich so verzweifelt nach Erlösung zu sehnen, wann immer wir nach ihm gesehen haben. Ich hoffe wirklich, dass er endlich Frieden gefunden hat."

James fragte sich, wie es angehen konnte, dass Primrose in der Lage gewesen war, *nach ihm zu sehen.*

„Einer der Schätze, die Blackbeard den Verdrehten Schwestern entwendet hat, war einer ihrer vielen magischen Spiegel. Jene in Besitz eines solchen Spiegels können einander sehen und miteinander kommunizieren, wenn sie dies wünschen. So kommunizieren die Verdrehten Schwestern auch mit uns."

In diesem Augenblick spürte James den Verlust von Blackbeard noch heftiger als an dem Tag, an dem er ihn auf dem Treibenden Friedhof zurückgelassen hatte. Doch jetzt verstand er besser, warum er so bereit gewesen war, diese Welt zu verlassen. Er hatte nicht gewusst, dass Blackbeard solche Qualen litt. Obwohl James es nie aus erster Hand miterlebt hatte, konnte er jetzt nachvollziehen, warum Blackbeard für sein aufbrausendes Gemüt und seine halsabschneiderische Art berüchtigt gewesen war. Er musste unvorstellbares Leid durchlebt haben. Kein Wunder, dass er es kaum erwarten konnte, dass James den Verdrehten Schwestern berichtete, dass er die *Jolly Roger* endlich jemandem übergeben hatte, der ihm das Leben gerettet hatte, und warum er so erpicht darauf gewesen war, den Fluch zu brechen, der ihn so lange gequält hatte.

„Vermutlich ist mir nicht ganz klar, wie Magie funktioniert, aber wozu Blackbeard dazu bringen, mich den ganzen Weg hierherzuschicken? Hatte er sich nicht bereits von seinem Fluch befreit, indem er seinen Teil der Bedingungen erfüllte?“

„Manche Hexen verfahren tatsächlich auf diese Weise, aber aus irgendeinem Grund wollten die Verdrehten Schwestern, dass Ihr hierherkommt. Darum haben sie es zu einem Teil von Blackbeards Bezahlung erklärt.“ James konnte Circe ansehen, dass sie selbst noch dabei war, sich diesen Teil zusammenzureimen. Sah, dass auch sie häufig vom Verhalten ihrer Mütter verwirrt war. Nun, welchen Grund sie auch gehabt hatten, James war froh, sich in der Gesellschaft dieser Frauen wiederzufinden, auch wenn er Blackbeard schrecklich vermisste. Jetzt mehr denn je, da er wusste, was der Pirat hatte ertragen müssen.

„Es tut mir leid, dass Ihr Euren Freund vermisst, James. Ich weiß, dass er Euch mit der Hoffnung hierhergeschickt hat, Nimmerland zu finden, aber ich befürchte, dass Ihr das Leben, das Ihr Euch ersehnt, dort nicht finden werdet. Es bekümmert mich, Euch mitteilen zu müssen, dass es nicht so sein wird, wie Ihr es in Erinnerung habt", sagte Primrose.

„Wie könnt Ihr das wissen?"

„Ich sehe ein schreckliches Schicksal für Euch voraus, wenn Ihr nach Nimmerland geht. Es wurde uns in die Seelen geschrieben, wie es auch im Buch der Märchen geschrieben steht", erklärte Hazel. „Wollt Ihr nicht Eure eigene Geschichte schreiben, James? Wollt Ihr Euch nicht hier ein neues Leben aufbauen, anstatt den Weg zu wählen, den die Verdrehten Schwestern Euch bestimmt haben?" Ihr gütiges Lächeln schaffte es nicht, den Kummer in ihrem Herzen zu verbergen.

Da war ein Teil von James, der sich im Wald der

Toten wie zu Hause fühlte. Er konnte es sich nicht erklären. Er mochte diese Frauen, und er mochte die Ländereien. Sie waren womöglich noch faszinierender als sein geliebtes Nimmerland. Aber er spürte einen Anflug von Panik, als hätte ein schrecklicher Sturm ihn vom Kurs abgebracht – so wie er es in den nordischen Sagen gelesen hatte. Die Art von Sturm, der die eigenen Träume in unerreichbare Ferne rücken lässt.

So vieles von dem, was nach der Schlacht mit dem Kraken geschehen war, kam ihm seltsam unwirklich vor, und James fragte sich plötzlich, ob all das nur eine Art Trick war.

Er hatte Geschichten von grausigen Hexen gelesen, die sich als betörende Zauberinnen ausgaben, um sich das Vertrauen ihrer Opfer zu erschleichen, und er begann zu befürchten, dass er in eine ganz ähnliche Falle getappt war. Ohne Zweifel fühlte er sich, als wäre er vom Kurs abgekommen und in eine Welt geworfen worden, die ihm nicht real schien.

„Ich glaube Euch nicht", sagte er und sprang auf die Füße.

„Es steht alles im Buch der Märchen geschrieben, James. Euer Schicksal wurde schon vor langer Zeit niedergeschrieben. Aber ich glaube fest daran, dass wir Euch helfen können, es zu verändern."

„Wie könnt Ihr wissen, was auf seinen Seiten

geschrieben steht, wo es doch in Blackbeards Kiste weggeschlossen ist?", fragte er.

„James, beruhigt Euch. Wir sind nicht meine Mütter in Verkleidung, und wir wollen Euch nicht hintergehen", sagte Circe. „Die Königinnen der Toten sind schon die Verfasserinnen des Buches der Märchen, seit die erste Königin auf seine Seiten geschrieben hat. Es ist uns in die Seele geschrieben. Wo die Toten weilen, ist Zeit nicht von Bedeutung. Ihr habt mit eigenen Augen gesehen, wie wir in die Zeit hinein- und aus ihr herausdriften, wie wir die Vergangenheit und die Zukunft erleben, als würden sie in diesem Augenblick geschehen – weil, lieber James, sie genau das tun. Alle Zeit ist eins. Wir binden uns an diese Zeitachse, weil wir hier am dringendsten gebraucht werden."

„Ihr habt nichts von uns zu befürchten, James, aber wir hätten gern unser Buch zurück", ergänzte Hazel und bedachte ihn mit einem Lächeln.

„Ich muss gestehen, dass ich gehofft hatte, Eure Mütter damit in Versuchung zu führen … im Austausch für die Überfahrt nach Nimmerland", sagte er. „Seid Ihr bereit, dasselbe zu tun? Werdet Ihr mir den Weg zeigen, wenn ich Euch das Buch zurückgebe?", fragte er und ließ sich langsam wieder auf seinen Platz sinken.

„Ihr müsst nicht mit uns verhandeln. Nimmerland ist genau der Ort, an dem sie Euch haben wollten. Dorthinzugehen, führt Euch auf den Weg, den sie Euch vorherbestimmt haben. Ihr habt Glück, dass Ihr es mit uns zu tun habt, James, und nicht mit den Verdrehten Schwestern. Sie würden Euch manipulieren und Euch auf den Pfad des Verderbens und der Verzweiflung führen, selbst wenn ihnen der Sinn danach stünde, Euch zu helfen", sagte Primrose.

„Ich bin recht geschickt darin, manipulativen Müttern aus dem Weg zu gehen", sagte James, was Primrose mit einem Lachen zur Kenntnis nahm.

„Das seid Ihr in der Tat. Wir werden Euch helfen, Nimmerland zu finden, James, wenn Ihr fest entschlossen seid, dorthinzugehen. Circe ist durch den Pakt, den ihre Mütter mit Blackbeard geschlossen haben, verpflichtet, Euch Euren Wunsch zu erfüllen. Aber wir können Euch nicht ohne eine Warnung nach Nimmerland aufbrechen lassen, dass wir dort schreckliche Dinge für Euch voraussehen. Das Leben, nach dem Ihr Euch sehnt, ist nicht in Nimmerland."

„Das ist Unsinn. Ich glaube Euch nicht. Ich habe mir in meinem ganzen Leben nichts anderes gewünscht. Es ist mein größter Traum."

„Seid Ihr sicher, dass das Euer größter Traum ist, James?", fragte Circe mit durchdringendem Blick. Sie sah, dass er ein Geheimnis in seinem Herzen bewahrte, das er nicht mit ihnen teilte. „Denn alles, was Ihr in Nimmerland erfahren werdet, ist Euer Piratenname und Ernüchterung. Euer Verlust wird weitaus größer sein, als Ihr Euch ausmalen könnt."

„Sicherlich steht eines jeden Schicksal noch nicht geschrieben. Verfüge ich nicht über die Macht, mein eigenes Leben zu lenken? Ich kann nicht glauben, dass wir nicht für uns selbst wählen können. Habe ich nicht Blackbeards Schicksal geändert, als ich ihn vor dem Kraken gerettet habe? Hat er nicht das meinige geändert, indem er den Captain der *Flying Dutchman* besiegte?"

James' Worte schienen Circe Schmerzen zu bereiten. Sie schloss die Augen und sammelte sich, bevor sie antwortete. „Ihr habt die Macht, Euer eigenes Schicksal zu lenken, James. Das ist es ja gerade, was wir Euch zu sagen versuchen. In diesem Augenblick befindet Ihr Euch auf dem Pfad meiner Mütter, und nur wenige, die auf den Pfaden gewandelt sind, die die Verdrehten Schwestern vor ihnen ausgelegt haben, haben überlebt, um ihre Geschichte weiterzuerzählen. James, habt Ihr nicht die Stimmen der Verdrehten Schwestern im Wind gehört, als Ihr Euch der *Dreaded Queen* entgegengestellt habt? Habt Ihr nicht ihre Gesichter in der Meereskreatur gesehen oder ihre Macht gespürt, als Blackbeard ihre Zunderbüchse verwendet hat? Alles, was geschehen ist, seit Ihr aus Eurem Kinderwagen gefallen seid, ist nach ihrem Willen geschehen. Könnt Ihr nicht sehen, womit Ihr es hier zu tun habt, James?"

„Ich weigere mich, das zu glauben. Ich werde nicht hinnehmen, dass die Verdrehten Schwestern mich mein ganzes Leben lang an der Nase herumgeführt haben sollen. Zu welchem Zweck? Ihr sagt, die Geschichten wurden Euch in die Seele geschrieben, also sagt mir, warum wollen sie mich so unbedingt nach Nimmerland bringen?"

„Falls ich Euch Euer Schicksal mitteile, fürchte ich, dass Ihr glauben werdet, es werde Euch die Macht verleihen, es zu vermeiden, und das wird es nicht. In dem Augenblick, da Ihr in Nimmerland eintrefft, werdet Ihr verloren sein."

„Wenn alle Zeit eins ist, wie Ihr behauptet, und meine Geschichte bereits geschrieben steht und zur selben Zeit noch geschrieben wird, beweist das dann nicht, dass ich mein Schicksal ändern kann? Wollt Ihr mir nicht bitte einfach den Weg nach Nimmerland zeigen?"

James bewunderte die Hüterinnen des Waldes der Toten, aber er fragte sich allmählich, ob er es in dieser Sache nicht doch lieber mit den Verdrehten Schwestern aufnehmen sollte. Hazel hatte seine Gedanken gelesen, und ihre Augen verengten sich zu Schlitzen.

„Denkt nicht einmal daran, einen Handel mit den Verdrehten Schwestern einzugehen, James. Auch sie können in Euer Herz blicken und wünschen es auszunutzen. Wir wollen Euch helfen. Wir kennen Euren größten Wunsch, aber wir können ihn nicht in Erfüllung gehen lassen. Das liegt nicht in unserer Macht. Aber wir können Euch hier ein besseres Leben bieten. Falls Ihr dies trotz unserer Warnungen ablehnt und darauf besteht, nach Nimmerland zu reisen, werden wir Euch die Magie schenken, die Ihr benötigt, um es zu erreichen. Alles Weitere liegt bei Euch. Ihr habt unsere Warnungen gehört, wollt Ihr sie Euch nicht zu Herzen nehmen?“, fragte Hazel flehentlich.

Keine Sekunde später fuhr ein heftiger Windstoß durch die geöffneten Fenster in den Raum und brachte eine Kaskade von Stimmen mit sich, die wie aus einem Mund sprachen. Er löschte die Kerzen und ließ sie in der Dunkelheit zurück, durchbrochen nur von den glühenden Blütenblättern, die die Brise hereingeweht hatte.

„Er wird es sein Leben lang bereuen, wenn er seinen Träumen nicht nachjagt. Sein ganzes Leben hat er sich danach gesehnt, nach Nimmerland zurückzukehren. Das ist alles, was er sich je gewünscht hat. Sein Herz verzehrt sich danach. Lasst uns nicht vergessen, was jenen widerfährt, die sich weigern, ihre Bestimmung zu erfüllen.“

Die Stimmen im Wind schienen von nirgendwoher zu stammen und zugleich von überall. Sie erfüllten den Raum mit ihrem Klang.

„Aber warum muss dies sein Schicksal sein? Warum kann er keinen anderen Pfad wählen? Gewiss haben wir doch unseren verändert", sagte Primrose, den Blick auf die Porträts der Königinnen gerichtet, die ihr vorausgegangen waren. James begriff, dass es die früheren Königinnen dieses Ortes waren, die nun sprachen.

„Hast du dein Schicksal geändert, Primrose? Herrschst du nicht jetzt über die Ländereien, die du so verzweifelt hinter dir lassen wolltest?"

James sah, wie das Licht in Primroses Augen erlosch und Hoffnungslosigkeit sich über ihre Züge legte. Er wusste, dass Wahrheit in den Stimmen der toten Königinnen lag, und er hoffte, dass sie recht hatten und es wirklich sein Schicksal war, in Nimmerland zu sein.

„Nichts, was ihr sagt, wird ihn von seinem Vorhaben abbringen. Alles, was ihr tun könnt, ist, ihn zu warnen. Die Entscheidung liegt bei ihm", sagte die Stimme, die wie so viele klang, die in perfekter Harmonie sprachen. Die Stimmen verstummten so plötzlich, wie sie begonnen hatten, und der Raum fühlte sich wieder so an wie vor der Heimsuchung durch die Geister der toten Königinnen.

„Ja, James, das waren die Stimmen unserer Schwestern, unserer Mütter und ihrer Mütter vor ihnen, die wie eine Stimme von der anderen Seite des Schleiers zu uns gesprochen haben. Und sie haben recht, wir können Euch nicht davon abhalten, nach Nimmerland zu gehen, wenn es das ist, was Ihr Euch wahrhaftig wünscht." Primrose schwenkte ihre Hand in Richtung des Pianofortes in der Ecke, das von selbst zu spielen begann und James herumwirbeln ließ. „Aber im Gegenzug werdet Ihr etwas für uns tun", sagte sie in einem so gedämpften Flüsterton, dass die Geister der früheren Königinnen sie über die Töne des Klaviers nicht hören konnten. „Gebt uns die Kiste mit dem Auge, die Blackbeard Euch überlassen hat", sagte sie mit einem verschlagenen Lächeln, das James die Haare zu Berge stehen ließ.

„Wenn ich Euch die Kiste gebe, werdet Ihr mich dann nach Nimmerland bringen?", fragte James mit gesenkter Stimme.

„Das werden wir, schweren Herzens", versprach Circe. „Gibt es denn nichts, was wir sagen können, damit Ihr Eure Meinung doch noch ändert, James? Nichts, was wir Euch anbieten können? Wollt Ihr Euch nicht hier ein neues Leben aufbauen? Auch unser Land ist ein magisches, und ich habe gespürt, dass Ihr Euch hier bereits heimisch fühlt. Ihr habt erst so wenig davon gesehen, und doch haltet Ihr es bereits in höchstem Ansehen – und sei es bisher auch nur für seine Schönheit. Stellt Euch nur einmal vor, was Ihr davon halten würdet, wenn Ihr mehr Zeit hier verbracht hättet."

James spürte, dass es Circe ernst damit war, aber selbst dieses bezaubernde Land konnte ihn nicht von seinem Lebensziel abbringen.

„Ihr habt recht. Ich fühle mich zu dieser Welt hingezogen, und wenn ich hierhergekommen wäre, als ich vor all diesen Jahren aus meinem Kinderwagen gefallen bin, hätte ich es mir vielleicht zur Aufgabe gemacht, an diesen Ort zurückzukehren und den Rest meiner Tage hier in dem Glanz von Euch betörenden Herrinnen der Toten zu verleben. Aber seht Ihr nicht, Königin Circe, wie sehr ich mich danach verzehre, Nimmerland wiederzufinden? Dass ich in der Lage bin, Eurem verlockenden Angebot zu widerstehen und das Leben an solch einem Ort aufzugeben, der mich fasziniert wie kein anderer, bedeutet das nicht wirklich, dass ich für Nimmerland bestimmt bin?"

„Manchmal verwechseln wir unsere Wünsche mit unserem Schicksal, James", sagte Hazel. „Aber so sei es also. Bringt uns die Kiste mit dem Auge, und wir werden Euer Schiff verzaubern, sodass es nach Nimmerland fliegt. Wir werden Euch morgen Abend im Hafen von Morningstar treffen und dann den Tausch durchführen." Hazels Tonfall war gereizt und ernst, und ein Ausdruck von tiefer Trauer hatte sich in ihre Augen gestohlen. James sah, dass alle drei Frauen sich wahrhaftig wünschten, er würde bleiben. Aber er konnte sich nicht dazu durchringen, sich von seiner Suche nach Nimmerland abbringen zu lassen.

„Ihr seid wirklich ungewöhnlich für einen Sterblichen", sagte Circe. „Es ist kein Wunder, dass meine Mütter ihr Auge auf Euch geworfen haben. Ich wünschte, Ihr hättet nie ihre Aufmerksamkeit erregt, und frage mich, was Ihr dann wohl aus Eurem Leben gemacht hättet."

Ihre Worte ließen einen Teil seines Herzens gefrieren, der ihn daran erinnerte, wie er die Kerzen unter Wasser im Treibenden Friedhof zum ersten Mal gesehen hatte.

„Aber lasst uns nicht bei den Dingen verweilen, die wir nicht ändern können. Da die Verdrehten Schwestern Euch nun schon dazu gebracht haben, diesen wundervollen Kuchen den weiten Weg hierherzubringen, können wir ihn genauso gut auch genießen!", sagte Primrose. Genau in dem Moment betraten Sir Jacob und vier skelettartige Kreaturen mit dem riesigen Kuchen den Raum. Es war so ein seltsamer Anblick, der extreme Kontrast, diese lächelnden Frauen unter Monstern.

„Sie sind keine Monster, James, sondern Männer ganz ähnlich wie Ihr selbst. Tatsächlich ähneln sie Euch mehr, als Euch bewusst ist. Sie sind unsere Verantwortung und unsere Familie.“ Hazel streckte ihre Hand nach einer der Kreaturen aus, wie um ihr Trost zu spenden, und James fühlte sich augenblicklich zutiefst beschämt.

„Bitte verzeiht mir, Lady Hazel“, sagte er. „Es gibt so vieles in diesem Land, das ich noch nicht verstehe. Ich wollte Euch nicht beleidigen.“

„Wir sind nicht beleidigt, James. Wir wissen, dass Ihr ein gutes Herz habt. Wir fragen uns nur, wie lange dem noch so sein wird“, sagte Circe. „Wir wären überglücklich, all unsere Geschichten mit Euch zu teilen. Wir würden bei Euch sitzen und das Buch der Märchen lesen. Ihr könntet alles über die Verdrehten Schwestern lesen, wie sie erschaffen wurden, über Sir Jacob und die vielen Königinnen des Waldes der Toten. Auf seinen Seiten erwarten Euch wundersame Erzählungen, sogar Geschichten, die in Eurem eigenen Land spielen. Ihr könntet sie alle lesen, wenn Ihr Euch nur einverstanden erklären würdet, hier bei uns zu bleiben“, sagte Circe, und in ihren Augen glitzerten Tränen.

„Weint nicht, liebe Circe. Lasst uns diesen sagenhaften Kuchen genießen, bevor ich aufbreche und mir meinen Traum erfülle. Wer weiß? Vielleicht werden meine Reisen mich eines Tages wieder hierher zurückführen", sagte James. Er wusste, dass er wahrscheinlich nie zurückkehren würde, aber ihm gefiel der Gedanke, diese Frauen noch einmal zu sehen.

„Wir müssen noch eine letzte Forderung an Euch stellen, James", sagte Circe, und ihr Ausdruck war plötzlich ernst. „Ihr dürft die Kiste nicht öffnen." Der Blick, den sie ihm dabei zuwarf, verlieh ihrem Gesicht etwas beinahe Grimmiges.

„Dazu habe ich keinen Grund, Königin Circe. Zudem hat Blackbeard mich bereits gewarnt, dies nicht zu tun", sagte er.

„Wundervoll. Dann lasst uns diesen köstlich aussehenden Kuchen essen", sagte Primrose. „Wir werden diese letzten Augenblicke mit Euch genießen und so tun, als würdet Ihr uns nicht das Herz brechen."

Kapitel X

Die Verdrehten Schwestern

James war froh, an diesem Abend auf sein Schiff zurückzukehren, weit weg vom Wald der Toten, und er würde noch viel erleichterter sein, wenn er eine beträchtliche Distanz zwischen sich und die Vielen Königreiche gebracht hatte. So sehr er die Gesellschaft der Herrinnen des Waldes der Toten auch genossen hatte, so konnte er sich doch des Gefühls nicht erwehren, dass er sich dort verlieren könnte, in und aus der Zeit driften wie die atemberaubenden Frauen, die diesen wundervollen und unheilschwangeren Ort ihr Zuhause nannten. Die Magie hing schwer in der Luft in diesem Reich und schwerer noch im Wald der Toten. Kaum dass er ihn verlassen hatte, fiel ihm das Atmen wieder ein wenig leichter, aber er sehnte sich danach, einmal mehr auf See zu sein. Vielleicht könnte er dort die Niedergeschlagenheit abschütteln, die sich auf seine Seele gelegt hatte. Er konnte nicht aufhören an das zu denken, was Circe und ihre Tanten ihm gesagt hatten: dass dies alles ein Teil des Plans der Verdrehten Schwestern sei und er in Nimmerland nicht glücklich werden werde. Er konnte sich nicht erinnern, dass er jemals glücklicher gewesen wäre als während seiner Zeit dort, als kleines Kind. Die Vorstellung, an den Ort seiner Träume zurückzukehren und dort unglücklich zu sein, war schlicht unbegreiflich. Es war alles, was er je gewollt hatte. Und obwohl er die Herrinnen des Waldes der Toten für weise und mächtig hielt, so schienen sie ihm auch zutiefst bedrückt zu sein. James überzeugte sich, dass sie seine Geschichte nicht klar sahen, und fühlte in seinem Herzen, dass dieses Leben ihm gehörte und er die Macht hatte, es zu lenken.

Er war erfreut, zu sehen, dass Smee die Zeit, die er im Wald der Toten verbracht hatte, nicht ungenutzt gelassen und weitere Vorräte für ihre lange Reise nach Nimmerland besorgt hatte. Er hatte ein wahres Festmahl zum Abendessen vorbereitet, das bei James' Rückkehr bereits auf ihn wartete, wofür er überaus dankbar war, da er den ganzen Tag nichts als Kuchen gegessen hatte.

Als er so dasaß und über die Ereignisse des Tages und all die Dinge, die er auf seinem Weg gesehen hatte, nachdachte, fragte er sich, wie es angehen konnte, dass er noch nie etwas über dieses Land gelesen hatte – oder über die seltsamen Hexen, die es bewohnten. Ein Teil von ihm fragte sich, ob er sich Circes Warnung nicht doch zu Herzen nehmen sollte. Aber andererseits … wie könnte er jemals mit sich selbst leben, wenn er seinen Traum nicht weiterverfolgte? Würde er sich immer als Versager betrachten, als zu feige, um an den Ort zu reisen, an dem er schon immer hatte leben wollen? Er wünschte, Blackbeard wäre an seiner Seite. Er würde wissen, was zu tun war. Es fühlte sich seltsam und einsam an, seine Mahlzeiten allein in den Quartieren des Captains einzunehmen. Er hatte noch so viele Fragen an Blackbeard gehabt, auf die er nun nie eine Antwort erhalten würde. Ihm fiel das Buch der Märchen wieder ein. Sicherlich hielt dieser dicke Wälzer die Antworten auf all seine Fragen bereit. Und in dem Moment, da er das dachte, vernahm er ein rasselndes Geräusch aus der Kiste mit dem Auge, die auf der anderen Seite des Raumes stand.

Zögernd ging er zu der Kiste, Circes und Blackbeards Warnung im Kopf, sie nicht zu öffnen. Stattdessen beugte er sich über sie und nahm sie einmal genauer unter die Lupe. Als er das Ohr ganz nahe an sie heranbrachte, begriff er, dass er Stimmen aus ihrem Inneren vernehmen konnte. Schockiert wich er hastig einen Schritt zurück. Dann, ganz behutsam, hob er die Kiste hoch und legte sie auf seinem Bett ab. Er ließ sich daneben nieder und beobachtete, wie sie zitterte und erbebte. Die Stimmen in ihrem Inneren wurden immer lauter und schüttelten die Kiste so heftig, dass sie vom Bett fiel und aufsprang.

Dort auf den Bodenbrettern, inmitten der anderen Gegenstände, die aus der Kiste gefallen waren, lag ein kunstvoll gerahmter Spiegel mit dem Gesicht einer schrecklich anzusehenden Frau darin, die ihn wie gebannt anstarrte.

James erkannte sie sofort von dem Porträt im Wald der Toten wieder, das auf dem Ehrenplatz zwischen den anderen Königinnen der Toten gestanden hatte. Doch jetzt war sie nicht in der Zeit erstarrt. Sie war überaus munter und lebendig. Und sie lachte. Wie konnte so eine Frau Circes Mutter sein?

Sie war erschreckend blass, mit hohen Wangenknochen und übermäßig großen Augen. Ihr Haar war schwarz, kringelte sich zu Locken und war mit roten Federn geschmückt, die zu der Farbe ihrer Lippen passten. Sie trug eine Silberkette wie die von Königin Circe mit den drei Phasen des Mondes.

„Hallo, James", sagte die Frau im Spiegel. „Ich bin Lucinda, Circes Mutter. Wie ich sehe, habt Ihr meine Tochter und Blackbeard bereits verraten, indem Ihr die Kiste geöffnet habt." Ihre Augen verengten sich zu Schlitzen. Rasch sammelte er die Gegenstände zusammen, stopfte sie zurück in die Kiste und schlug den Deckel wieder zu. Eine Kakophonie von Gelächter erschallte aus ihrem Inneren, so laut, dass James schon befürchtete, seine Crew könnte es hören.

„Ich habe die Kiste nicht geöffnet! Das habt Ihr getan, indem Ihr sie zu Boden geworfen habt. Was wollt Ihr?“, fragte er, während er die Kiste vorsichtig öffnete und das Gesicht der Frau erneut zum Vorschein kam.

„Das ist meine Frage an Euch, James. Was ist Euer Herzenswunsch?“

„Wie ich schon Eurer Tochter erzählt habe, möchte ich Nimmerland finden“, sagte er. Er war überzeugt, neben Lucindas Stimme noch zwei weitere in dem Spiegel kreischen zu hören, konnte sie aber nicht sehen.

„Und was wird aus Eurer armen Mutter, James? Was wird aus Eurem angestammten Familiensitz? Was ist mit dem Versprechen, das Ihr Euch selbst gegeben habt, als Ihr in Eurem feuchten Grab verweiltet? Habt Ihr Eure Pflicht vergessen?“ Ihre Lippen verzogen sich zu einem schaurigen Lächeln, und dann veränderte sich das Bild im Spiegel und zeigte ihm seine Mutter in Trauerkleidung, ganz allein und weinend in ihrem Salon.

„Was ist mit meiner Mutter geschehen? Wer ist gestorben?“, fragte er und packte den vergoldeten Rahmen des Spiegels.

„Euer Vater ist hinter den Schleier entschwunden und hat sie allein zurückgelassen, um für sich selbst zu sorgen. Sie wird schon bald ihr Zuhause verlieren, wenn Ihr ihr nicht zu Hilfe eilt."

James konnte Lucindas leeres Lächeln nicht ertragen, und irgendetwas an ihren Augen jagte ihm Angst ein. Irgendetwas regte sich dort hinter ihren Augen. Er hatte den Eindruck, dass ihr Lächeln nichts als eine verzerrte Maske war, die den Wahnsinn dahinter verbarg. Diese Frau machte ihm Angst.

„Sicherlich haben sich die Dinge in der kurzen Zeit, die ich fort war, nicht derart verschlimmert", sagte James. Er fühlte sich zittrig, hilflos, und bereute es zutiefst, dass er nicht dort war, um seiner Mutter zu helfen. Auch wenn er das Leben nicht wollte, das sie für ihn geplant hatte, so würde er sein Wort doch nicht brechen. Er würde nicht zulassen, dass sie ruiniert wurde.

„Die Zeit läuft hier anders, James. Obwohl Ihr nur einen Tag hier wart, sind im Reich der Menschen viele Jahre vergangen." Er verstand nicht, wie so viel Zeit in seiner eigenen Welt vergangen war, während er sich in dieser aufhielt, und er machte sich Sorgen um seine Mutter und erinnerte sich an sein Versprechen. Er wollte seine Reise nach Nimmerland nicht aufschieben, beschloss aber, dass er besser mit der Crew darüber sprechen sollte, einen neuen Beutezug zu planen oder an den Ort zurückzukehren, wo die *Dreaded Queen* im Meer versunken war, um zu sehen, ob sie ihren Schatz heben konnten. „Aber Ihr haltet den Schatz, den Ihr benötigt, bereits in der Hand. Bringt den Inhalt dieser Kiste nach London und verkauft alles bis auf den Spiegel und die eiserne Uhr an diesen Laden am Eaton Square. Das wird mehr als ausreichen, damit Eure Mutter die Steuern auf den Nachlass zahlen und das Anwesen erhalten kann. Dann könnt Ihr nach Nimmerland aufbrechen, wie Ihr es wünscht", sagte Lucinda.

„Ich bin bereits einen Handel mit Circe eingegangen. Sie bringt mich nach Nimmerland", erwiderte James.

„Seid Ihr sicher, dass sie ihr Versprechen halten wird, James? Ich weiß, dass sie versucht hat, Euch davon zu überzeugen, im Wald der Toten zu bleiben. Was sollte sie davon abhalten, ihr Wort zu brechen?"

„Königin Circe wirkt auf mich nicht wie eine Lügnerin. Ich denke, dass sie ihr Versprechen halten wird. Doch ich bezweifle, dass sie dies ebenfalls tun würde, sollte ich jemals so töricht sein, mich auf einen Handel mit Euch einzulassen."

„Wir hegen keinerlei Absicht, unser Wort zu brechen, James. Und anders als Circe wollen wir, dass Ihr nach Nimmerland geht. Es ist auch unser größter Wunsch, Euch dorthinzuschicken, denn wir wollen, dass Ihr uns Tinkerbell bringt im Austausch für Euren wahren Traum.“

In diesem Moment glaubte er, ihre Beweggründe zu verstehen, warum sie ihn im Nimmerland haben wollten, und er begriff nicht, warum Circe ihm diese nicht einfach mitgeteilt hatte. Vielleicht versuchte sie, die Fee zu schützen. Er wusste es nicht, aber für James sah es nicht nach einer finsteren Verschwörung aus, in die er da verwickelt war, außer dass er den Verdrehten Schwestern etwas verschaffte, das sie haben wollten, im Austausch für das, was er sich von Herzen wünschte.

„Was wollt Ihr mit Tinkerbell?“, fragte er. Er wusste, wer Tinkerbell war. Sie tauchte in allen von Peter Pans Geschichten auf. Tinkerbell war eine von Peters treuesten Gefährten. Nimmerland würde ohne sie nicht dasselbe sein.

„Sie gehört in die Vielen Königreiche, James. Sie wurde vor vielen Jahren von ihresgleichen verbannt und darf nie mehr hierher zurückkehren. Ihr habt recht mit der Annahme, dass Circe versucht, Feen zu beschützen, aber dazu gehört nicht Tinkerbell. Circe ist mit den Feen im Bunde, die sie verbannt haben, und jetzt ist die arme Kleine in Nimmerland, verloren und ausgestoßen. Wir wollen sie einfach nur wieder nach Hause bringen“, sagte Lucinda.

„Und wenn sie nicht zurückkommen möchte?", fragte James und musterte Lucinda aus zusammengekniffenen Augen, als ihm Circes Warnung über ihre Mütter wieder einfiel.

„Dann nehmt Ihr sie mit Gewalt. Die Hohe Fee dieses Landes hat ihr die Erinnerungen an diesen Ort genommen. Sobald Tinkerbell zurückkehrt, wird sie froh sein, wieder zu Hause zu sein. Ihr wisst doch, wie es ist, weit weg von dem Ort zu sein, der einem am Herzen liegt", sagte Lucinda und heuchelte Mitgefühl, so gut sie konnte.

Er wusste tatsächlich, wie die arme Fee sich fühlen musste; schließlich hatte er sich genauso gefühlt seit dem Tag, an dem man ihn aus Nimmerland fortgerissen hatte. Vielleicht verspürte Tinkerbell irgendwo tief in ihrem Inneren ebenfalls diesen Verlust, konnte ihn aber nicht begreifen, weil man ihr die Erinnerungen gestohlen hatte. Gleichzeitig fragte er sich, ob die Hexe ehrlich mit ihm war. Er meinte sich daran zu erinnern, dass Tinkerbell aus Nimmerland stammte. Aber es war eine Erinnerung, die im dünnen Nebel seiner Kindheit in Nimmerland vor so langer Zeit verblasst war.

„Wenn Ihr Euch bereit erklärt, uns diesen Gefallen zu tun, werden wir Euch den magischen Feenstaub geben, den Ihr benötigt, um nach Nimmerland zu gelangen. Doch wir haben nur genug, um Euch dort hinzubringen. Ihr werdet Tinkerbell brauchen, um Euch zurückzubringen. Wenn Ihr sie nicht einfangt, werdet Ihr für immer in Nimmerland gefangen sein", sagte sie, den Kopf seltsam zu einer Seite geneigt, als würde sie jemand anders zuhören, während sie mit ihm sprach.

Die Vorstellung, für immer in Nimmerland gefangen zu sein, klang in James' Ohren nach keinem allzu schrecklichen Schicksal – es war genau das, was er sich wünschte –, obwohl er immer noch nicht einsah, warum er den Verdrehten Schwestern helfen sollte, wenn er genauso leicht einfach Circe das geben konnte, was sie im Austausch für die Überfahrt nach Nimmerland haben wollte.

„Wir verfügen über die Macht, Euch Euren wahren Traum zu erfüllen, den Traum, der sich tief in Eurer Seele verbirgt. Den Traum, den meine Tochter Euch verweigert", sagte Lucinda mit einem Lachen.

„Ist das wahr? Wenn Ihr mir meinen größten Traum erfüllt, meinen geheimen Wunsch, dann werde ich tun, was Ihr von mir verlangt", sagte er und fragte sich noch während er die Worte aussprach, ob er das Richtige tat. Ein Teil von ihm wollte diesem Ort mit Blackbeards Schatz den Rücken kehren, niemals zurückkehren und einen anderen Weg nach Nimmerland finden. Er hatte das Gefühl, dass er nicht nur Circe verriet, sondern auch Blackbeard, und doch fühlte es sich so an, als bliebe ihm keine andere Wahl. Blackbeards Schatz zu verkaufen, würde die Zukunft seiner Mutter sichern, und wenn Lucinda über die Macht verfügte, ihn nach Nimmerland zu bringen *und* ihm seinen geheimen Wunsch zu erfüllen, den Wunsch, den sie und Circe tief in seinem Herzen begraben sahen …

„Kehrt nach London zurück und verkauft diese Schätze, so schnell Ihr könnt. Die Gegenstände in dieser Kiste sind verflucht, und Ihr tätet gut daran, sie so rasch wie möglich loszuwerden. Sobald Ihr das getan habt, steht es Euch frei, nach Nimmerland zu reisen."

Er hasste es, Blackbeard und die Herrinnen des Waldes der Toten zu hintergehen, aber er sah keine andere Möglichkeit, seine Mutter zu retten und das zu erreichen, was er wirklich wollte.

„Ich werde tun, was Ihr verlangt", sagte er.

„So ein guter Junge", gurrte Lucinda. „Wir werden Euch mitteilen, wo Ihr die Magie findet, die Ihr benötigt, um nach Nimmerland zu gelangen, sobald Ihr Eure Geschäfte in London abgeschlossen habt." Und damit verschwand sie unter schallendem Gelächter aus dem magischen Spiegel.

Kapitel XI

Das Kuriositätengeschäft

Die Verdrehten Schwestern sollten recht behalten. Viele Jahre waren vergangen, seit James zuletzt in London gewesen war. Die Frau, die an einer Straßenecke Veilchen verkaufte, war viel älter geworden. Viele der Geschäfte hatten sich verändert, aber der kleine Laden am Eaton Square, dem er vor seiner Reise in die Vielen Königreiche einen Besuch abgestattet hatte, war noch an Ort und Stelle. Als er den Laden betrat, gab die kleine Kupferglocke über seinem Kopf ein Klingeln von sich und rief den Ladenbesitzer herbei. Obwohl er inzwischen ein gutes Stück älter geworden und nicht länger der junge Mann war, den James getroffen hatte, als er seine erste Piratentracht gekauft hatte, erkannte er den Mann trotzdem wieder.

„Guten Abend, Sir", sagte der Ladenbesitzer, nachdem er hinter einem Vorhang hervorgekommen war. „Wie kann ich Ihnen behilflich sein?"

„Vielen Dank, guter Mann. Ich bin im Besitz einiger Gegenstände, die ich gerne verkaufen würde", sagte James und öffnete die Kiste. Darin lagen eine Jadebrosche, Jadeohrringe und das Buch der Märchen. Im letzten Augenblick hatte er beschlossen, dass er außerdem versuchen würde, die goldenen Stiefelschnallen zu verkaufen, und sie noch rasch in die Kiste gelegt, bevor er zu dem Laden aufgebrochen war. Er hatte den Spiegel und die eiserne Uhr auf dem Schiff zurückgelassen, eingeschlossen in seine Schreibtischschublade, deren Schlüssel er an einem Lederriemen um den Hals trug.

„Die sind äußerst edel, Sir", sagte der Ladenbesitzer, während er die Schätze beäugte. „Nichts täte ich lieber, als sie Ihnen abzukaufen, aber sie sind ein wenig teuer für mich."

„Würde es helfen, dass diese Schätze von einem berüchtigten Piraten erbeutet und aus einem fernen, magischen Land hierhergebracht wurden?", fragte James. „Ich möchte wetten, dass diese Geschichte die Fantasie der Lords und Ladys beflügeln dürfte, die auf der Suche nach Kuriositäten Ihren kleinen Laden betreten." Er sah, wie es hinter der Stirn des Ladenbesitzers arbeitete. James verstand, warum der Mann zögerte, so viele kostspielige Objekte auf einmal zu kaufen und so viel von seinem Geld in seine Vorräte zu investieren. Aber James musste alles in seiner Macht Stehende unternehmen, um sicherzugehen, dass er das Geld bekam, das er brauchte, um seiner Mutter zu helfen. Also tat er, was er am besten konnte. Er redete.

„Können Sie mir mehr darüber erzählen?", fragte

der alte Mann. Das war James' Stichwort. Er erzählte dem Mann einfach alles, während er eine Runde durch den Laden drehte und ihn an Blackbeards Geschichte ergötzte, machte dramatische Gesten und spielte manchmal ganze Szenen nach. Er webte eine Erzählung von fesselnden Abenteuern und beschwor im Geist des Ladenbesitzers Bilder herauf, bis er spürte, dass der Mann nichts lieber tun wollte, als den Menschen, die in seinen Laden kamen, genau diese Geschichten zu erzählen. Während er den Laden abschritt, sah James sich nach dem Mantel um, den er so begehrt hatte, als er zuletzt hier gewesen war. Dem roten Mantel, der immer wieder vor seinem inneren Auge aufgetaucht war, seit er ihn das erste Mal gesehen hatte. Er hegte nur wenig Hoffnung, dass er ihn wiederfinden würde, da inzwischen so viel Zeit verstrichen war. Doch dann sah er ihn: den scharlachroten Gehrock mit den goldenen Aufschlägen, von dem er damals gedacht hatte, dass er eines Captains würdig sei. Nach all diesen Jahren war er immer noch genau da, wo er ihn zurückgelassen hatte, und neben ihm hing ein prächtiger Piratenhut mit einer großen weißen Feder.

„Gibt es hier einen Ort, wo ich diese Dinge anprobieren könnte?", fragte er, während der Ladenbesitzer die Schätze begutachtete wie ein gieriger Drache.

„Ja, Sir, gleich hier drüben", erwiderte der Mann

und warf James einen merkwürdigen Blick zu. James überlegte, ob der Mann ihn wiedererkannt hatte und sich nun fragte, warum er nicht gealtert war. Dann musste er lachen, als ihm aufging, dass es nur verständlich war, dass der Mann ihn so seltsam musterte. Wahrscheinlich geschah es nicht jeden Tag, dass ein Pirat in sein Geschäft spaziert kam, um seine Beute zu verkaufen.

„Soll ich die Kosten für den Mantel und den Hut dann von der Rechnung abziehen, Sir?“, fragte der Ladenbesitzer, als James aus dem Umkleidebereich zurückgekehrt war und offenkundig entschieden hatte, dass er die Kleider erwerben wollte.

„Ja, vielen Dank, guter Mann“, sagte James. „Und ich hoffe, es ist keine allzu große Enttäuschung, aber ich habe es mir doch noch einmal anders überlegt und werde die Stiefelschnallen nicht verkaufen. Ich kann mich doch nicht von ihnen trennen.“ Blackbeards Schätze zu verkaufen, fühlte sich ohnehin schon wie ein Verrat an. Er konnte die Stiefelschnallen nicht auch noch veräußern.

„Ich vermute, dass die restlichen Objekte immer noch ein hübsches Sümmchen einbringen werden?“ James hoffte, dass er auch ohne die goldenen Stiefelschnallen genug einnehmen würde, um seiner Mutter zu helfen, hatte aber beschlossen, sie notfalls doch zu verkaufen. Auf diese Weise würde er sich zumindest mit verminderten Schuldgefühlen von ihnen trennen.

„Oh ja, Sir, äußerst hübsch, in der Tat", erwiderte der Mann, schrieb eine Ziffer auf ein Stück Papier und reichte es James.

„Das scheint alles in bester Ordnung zu sein", sagte James lächelnd und spürte, wie ihm die Last der Verantwortung seiner Mutter gegenüber von den Schultern fiel, zusammen mit seiner Verantwortung gegenüber den Verdrehten Schwestern. Und er war froh, etwas zu besitzen, das ihn an seinen alten Freund erinnerte. Nicht, dass er die Erinnerung gebraucht hätte, er dachte häufig an Blackbeard und vermisste ihn sehr.

„Es war mir eine Freude, mit Ihnen Geschäfte zu machen, guter Mann. Ich bezweifle, dass Sie auch nur die geringsten Schwierigkeiten haben werden, diese Schätze zu verkaufen, besonders wenn Sie Ihren Kunden erzählen, dass sie von einem Piraten erbeutet wurden."

„Dann sind Sie also der Pirat aus der Geschichte?", fragte der Ladenbesitzer mit weit aufgerissenen Augen.

„Nein", erwiderte James mit einem Lächeln. „Aber ich bin der Pirat *meiner eigenen Geschichte.*"

James verließ den kleinen Laden, seine hölzerne Kiste jetzt zum Bersten gefüllt mit Bargeld und das Herz voller Hoffnung. Er verfügte über mehr als genug Geld, um seiner Mutter zu helfen, und redete sich ein, dass Blackbeard seine Entscheidung gutgeheißen hätte, wenn er noch am Leben gewesen wäre. Zumindest hoffte er das. Immerhin hatte er die Stiefelschnallen behalten, und er musste sich eingestehen, dass er es kaum erwarten konnte, zu sehen, wie sie sich mit seinem neuen Mantel und dem Hut machten. Er verließ den Laden in Hut und Mantel und fühlte sich endlich wie ein richtiger Pirat. Er fühlte sich lebendig, und die Begeisterung kribbelte ihm in den Fingerspitzen. Endlich kam er der Erfüllung seiner Verpflichtungen gegenüber den Verdrehten Schwestern und der Verwirklichung seines Traums immer näher. Er stellte sich dem größten aller Abenteuer und würde schon bald die Reise nach Nimmerland antreten, als Captain seines eigenen Schiffes und mit einer Piratencrew unter seinem Befehl. Das Leben war gut. Aber zuerst musste er sich noch einer letzten Angelegenheit annehmen.

Er musste nach Hause gehen.

***

James hatte nicht erwartet, dass ihm der Anblick seiner Mutter, so viel älter und in solch jammervollem Zustand, derart großen Kummer bereiten würde. Er sah sie neben ihrem liebsten Springbrunnen sitzen, wo sie und sein Vater häufig die ruhigen Morgenstunden verbracht hatten. Aber jetzt war der Garten überwuchert und das einst tintenschwarze Haar seiner Mutter mit Silber durchzogen. Sie wirkte einsam und traurig, aber er brachte es nicht über sich, ihr unter die Augen zu treten. Er wusste, dass sie ihn anflehen würde, zu bleiben, und da war ein Teil von ihm, der sich sogar danach sehnte. Er war alles, was ihr jetzt noch geblieben war, und es brach ihm das Herz. Er schlich sich durch den Dienstboteneingang ins Haus und platzierte die Holzkiste mit den Banknoten auf ihrem Waschtisch, zusammen mit einer kurzen Nachricht.

Liebste Mama,
ich bin zutiefst betrübt, von Papas Hinscheiden zu erfahren und von Ihren derzeitigen Umständen. Bitte akzeptieren Sie dieses Geschenk in der Gewissheit, dass ich meine Pflicht nie vergessen habe, noch meine Liebe zu Ihnen.
Ihnen treu ergeben
James

Kapitel XII

Nach Nimmerland

Sobald James zurück an Bord seines Schiffes war, ging er auf auf direktem Weg in seine Kajüte, um seinen neuen Mantel und den Hut im Spiegel zu bewundern. Endlich sah er aus wie ein Captain. Er hatte getan, was Lucinda von ihm verlangt hatte, er hatte seiner Mutter geholfen, ihr Zuhause zu retten. Jetzt würde er sich auf eine fantastische Reise begeben. In ihm nagte ein quälendes Schuldgefühl, weil er nicht mit seiner Mutter gesprochen hatte. Doch er hatte lange genug darauf gewartet, Nimmerland zu finden.

Bevor er die Segel setzen konnte, musste er jedoch noch eine weitere Aufgabe erledigen. Er musste Lucinda in ihrem magischen Spiegel herbeirufen. Sie hatte ihn angewiesen, ihr Bescheid zu geben, wenn er seine Angelegenheiten in London geregelt hätte, damit sie ihm die Mittel geben konnte, nach Nimmerland zu fliegen. Er konnte nicht glauben, dass all dies nun endlich Wirklichkeit werden sollte. Seine Hände zitterten, als er zu seinem Schreibtisch ging, die Schublade aufschloss und sie öffnete.

Lucindas Gesicht wartete bereits in dem magischen

Spiegel auf ihn, als er die Schublade aufzog. „Guter Gott, müsst Ihr denn immer in diesem Spiegel lauern?"

„Hallo, James. Habt Ihr bis auf den Spiegel und die eiserne Uhr alles aus der Kiste verkauft, so wie wir es verlangt haben?"

„Das habe ich. Aber ich verstehe nicht, warum Ihr wolltet, dass ich die Uhr behalte."

„Um die Zeit im Blick zu behalten, natürlich", erwiderte sie lachend. „Wie ich sehe, habt Ihr den purpurnen Mantel gekauft, genau wie es im Buch der Märchen geschrieben steht. Er wird gut zu den goldenen Stiefelschnallen passen, die Blackbeard Euch gegeben hat."

„Bin ich wirklich in diesem Buch? Und woher wisst Ihr von den Stiefelschnallen?", verlangte James zu wissen, der sich fragte, warum er nie auf den Gedanken gekommen war, seine eigene Geschichte zu lesen, bevor er sie an den Ladenbesitzer verkauft hatte.

„Eure Geschichte begann schon lange vor dem Tag, an dem Ihr aus Eurem Kinderwagen gefallen seid", entgegnete sie mit einem Lächeln auf den Lippen. „Wir haben Euch seitdem im Auge behalten."

James hörte das Gelächter von anderen Frauen aus dem Hintergrund, aber wie schon zuvor konnte er sie auch jetzt nicht sehen. „Circe meinte, dass Ihr mich schon seit vor meiner Geburt beobachtet, aber ich sehe nicht, wie das möglich sein soll", sagte er und sah Lucinda direkt in die Augen, die jetzt vor Zorn sprühten.

„Circe spricht in nichts als Rätseln, jetzt, da sie über den Wald der Toten herrscht. Sie hat sich in den Nebeln der Zeit verloren, und sie ist auch für uns verloren, obwohl sie es noch nicht sehen kann", erklärte Lucinda, und das Gelächter ihrer Schwestern drang von außerhalb seines Blickwinkels aus dem Spiegel an sein Ohr. Lucinda sah aus, als würde sie zuhören, wie eine ihrer Schwestern zu ihr sprach.

„Wo sind Eure Schwestern? Ich kann sie hören, aber ich sehe nur Euch", sagte er, außerstande, seine Zunge im Zaum zu halten.

„Circe hat Euch nicht erzählt, was sie uns angetan hat? Wenn Ihr Circes Schande erfahren wollt, muss sie diese selbst mit euch teilen", sagte Lucinda. Ihre Stimme klang hohl und wurde ausnahmsweise einmal nicht von Gelächter begleitet. James konnte sich nicht vorstellen, dass Circe irgendetwas tun könnte, das Schande über sie brachte, oder dass sie jemandem, den sie liebte, Schaden zufügte. Seine Reue, sie betrogen zu haben, begann schwer auf seinem Herzen zu lasten.

„Ich sehe, dass meine Tochter Euch umgarnt hat, James. Es stimmt, dass sie nur die besten Absichten verfolgt. Sie wird von ihrem Herzen beherrscht und tut, was sie für das Richtige hält. Aber auch wir haben das stets getan, und wo hat es uns hingeführt? Wir sind gefangen an diesem Ort, weder lebendig noch tot. Vergesst nicht, dass wir Circe sind, und sie ist wir."

James hatte keine Ahnung, was er darauf erwidern sollte. Vertrauliche Unterhaltungen bereiteten ihm Unbehagen, und er hatte in letzter Zeit so viele davon geführt. Inzwischen empfand er diese Hexen mit ihren Rätseln und Halbwahrheiten zunehmend als lästig. Er brannte darauf, seine Reise anzutreten. Er war diese Unterhaltung leid, und er wollte auf den Punkt kommen, aber er wollte Lucinda auch keinen weiteren Grund liefern, zornig auf ihn zu sein.

„Ich vermute, Ihr fragt Euch, wo wir die Magie versteckt haben, die Euch nach Nimmerland bringen wird?", unterbrach Lucinda seine Gedanken. „Alles, was Ihr tun müsst, ist, in Eure Tasche zu greifen."

„Was ist das für ein Unsinn?", grollte James.

„Die Magie ist dort, in Eurer Tasche", sagte Lucinda, deren Lächeln zurückgekehrt war.

James griff in seine Tasche und fand darin eine kleine Glasphiole, verschlossen mit einem Korken, in deren Innerem sich glitzernder Staub befand.

„Das ist alles, was ich brauche, um nach Nimmerland zu gelangen? *Das hier?*", entfuhr es ihm, während er die kleine Phiole anstarrte. „Und es hat die ganze Zeit über in der Tasche dieses Mantels gesteckt? Ich hätte ihn beinahe gekauft, noch bevor wir uns kennengelernt haben."

„Das wissen wir. Er hat all diese Jahre in dem Laden gehangen und auf Euch gewartet, seit wir Blackbeard angewiesen haben, ihn dort zu platzieren", sagte Lucinda und stimmte in das gesichtslose Gelächter ein, von dem James annahm, dass es von ihren Schwestern stammte.

„Was soll das heißen, Ihr habt Blackbeard angewiesen, ihn dort zu platzieren? Warum hat er mir nicht einfach verraten, wo ich den Staub finden kann? Wozu mich auf diese endlose und wahnwitzige Reise schicken?" James fühlte sich, als wäre er von Anfang an vorgeführt worden. Und er spürte das erdrückende Gewicht von Circes Warnungen.

„Blackbeard wusste nicht, dass die Phiole in der Tasche war. Er hat im Austausch für seinen Wunsch einfach nur eine Aufgabe ausgeführt. Hätte er gewusst, dass der Staub in der Phiole dazu benutzt werden kann, nach Nimmerland zu reisen, so hätte er es Euch erzählt, davon bin ich überzeugt. Er hat Euch geliebt wie einen Sohn, James, den Sohn, den er immer haben wollte und den er sich gewünscht hat. Den Sohn, den wir ihm gegeben haben", gab Lucinda preis.

„Was wollt Ihr damit sagen?“

Lucinda lachte ihr wahnsinniges Lachen. „Ihr wisst, dass Blackbeard unsere Schätze gestohlen hat, aber Ihr kennt den Grund nicht, aus dem er uns überhaupt erst aufgesucht hat. Er wollte einen Sohn – oder jemanden, den er wie einen solchen lieben könnte. Und das ist es, was wir ihm gegeben. Euch im Austausch dafür, dass er den Mantel zu dem Laden am Eaton Square bringt.“

„Wollt Ihr mir damit sagen, dass er sein Leben voller Qualen gelebt hat, dazu verdammt, keine Ruhe zu finden, nur um zu sterben, nachdem er die Liebe eines Sohnes erfahren hatte? Ihr seid eine böse Frau, Lucinda. Ich bereue es mehr denn je, dass ich mich auf einen Handel mit Euch eingelassen habe.“

„Ihr hattet keine andere Wahl. Es stand bereits geschrieben. Wir haben Blackbeard mit einem ewigen Leben dafür verflucht, unsere Schätze gestohlen zu haben. Hätten wir das nicht getan, hätte er Euch nie gefunden und Euch nicht zu uns gebracht, damit wir Euch den Weg nach Nimmerland zeigen können. Es hat sich alles ganz wundervoll zusammengefügt, findet Ihr nicht?“ Lucinda wirkte über alle Maßen zufrieden mit sich.

James wünschte sich mehr denn je, er hätte das Buch der Märchen behalten oder Circe gebeten, ihm seine Geschichte zu erzählen. Seit dem Tag, an dem er aus seinem Kinderwagen gefallen war, hatte er das Gefühl, dass er auf einen Weg geführt wurde, der ihn seinem Traum näherbringen würde. Aber jetzt erkannte er, dass es nur die Verdrehten Schwestern waren, die intrigiert und sich eingemischt hatten wie die Hände des Schicksals selbst. Er begann zu befürchten, dass Circe die Wahrheit gesagt hatte.

„Meine Tochter weiß nichts über das Schicksal", sagte Lucinda, die James' Gedanken gelesen hatte. „Sie glaubt, das Schicksal lasse sich verändern, obwohl alle Zeit und ihre Geschichten in ihre Seele geschrieben sind und diese Geschichten zu verändern einem Bruch des tiefsten Kerns ihrer Seele gleichkäme. Ihr habt gesehen, wie gequält sie war, wie niedergeschlagen und erschöpft, weil sie Geschichten zu verändern versucht, die bereits geschrieben stehen. Aber wir haben nach so vielen Jahren des Kummers und der Zerstörung, in denen wir das Gleiche versucht haben, dazugelernt. Es ist unsere Pflicht, meine und die meiner Schwestern, dafür Sorge zu tragen, dass die Ereignisse sich so entfalten, wie sie geschrieben stehen. Euch wurde ein Geschenk gemacht, James. Ihr habt die Mittel, Nimmerland wiederzufinden. Werdet Ihr zulassen, dass Eure Angst vor der Verwirklichung Eurer Träume Euch von ebenjenen abhält – und von Eurem sehnlichsten Wunsch. Eurem wahren Wunsch, dem, wonach Ihr Euch am meisten verzehrt, sobald Ihr in Nimmerland angekommen seid?", fragte sie mit einem ernsten und gelassenen Ausdruck im Gesicht. In diesem Moment konnte er sehen, dass sie Circes Mutter war.

„Wie benutze ich dieses Pulver?", fragte er und hielt die Phiole vor eine Laterne, um es näher in Augenschein zu nehmen. Es war ein wundervoller Anblick, wie es im Licht glitzerte. Es tanzte in dem Fläschchen, als warte es nur darauf, befreit zu werden. In diesem Moment beschloss James, dass er seinem Schicksal nicht entrinnen konnte, koste es, was es wolle. Er würde nach Nimmerland zurückkehren, und er würde seinen sehnlichsten Wunsch erfüllt sehen.

„Streut es Euch auf die Handfläche und pustet es auf Eure Segel. Die Magie wird den Rest erledigen. Haltet einfach auf den zweiten Stern rechts zu und segelt dann geradeaus weiter bis zum Morgen." Lucinda musterte ihn aus zusammengekniffenen Augen. „Ich spüre, dass Ihr eine Frage habt, James, irgendetwas wegen meiner Tochter."

„Glaubt Ihr, dass sie mir sehr böse sein wird, weil ich mein Wort gebrochen habe?"

„Überlasst Circe mir", sagte sie.

„Aber sie ist die Königin der Toten", wandte er voller Reue über seinen Verrat ein. Doch es gab keinen anderen Weg. Circe hatte gesagt, es stehe nicht in ihrer Macht, ihm den geheimen Wunsch zu erfüllen, den er tief in seinem Herzen trug, die eine Sache, nach der er sich noch mehr sehnte als danach, Nimmerland zu finden. Aber er konnte nicht umhin, sich schuldig zu fühlen, weil er sie verraten hatte, genau wie Blackbeard, selbst wenn das bedeutete, seine Mutter zu retten und sich seinen Herzenswunsch zu erfüllen.

„Circe mag die Königin der Toten sein, aber ich bin ihre Mutter, und diese Schätze gehörten mir, nicht Circe und auch nicht Blackbeard, und ich werde mit ihnen tun, was mir gefällt. Vergesst Circe. Sie kann Euch nicht geben, was Ihr in Wahrheit begehrt. Jetzt geht. Ab nach Nimmerland und schnurstracks wieder zurück mit Tinkerbell. Dann könnt Ihr das Leben beginnen, von dem Ihr immer geträumt habt", sagte Lucinda lächelnd.

James holte tief Luft, als er vor seinem Spiegel stand und noch einmal seine Ausstattung bewunderte. Sein Haar war in der Zeit, die er mit Blackbeard verbracht hatte, ein gutes Stück länger geworden, und er hatte sich einen eleganten Schnurrbart wachsen lassen, der lang und spitz zulief. Ihm fehlte nur noch eine einzige Sache, um seinen Auftritt komplett zu machen: seine goldenen Stiefelschnallen. Die Blackbeard ihm geschenkt hatte. Sie jagten ihm ein seltsames Gefühl von Angst ein, wenn er sie in der Hand hielt. Aber er vermisste Blackbeard und hatte das Gefühl, sie zu tragen wäre fast so, als würde der alte Pirat ihn auf dieser wichtigen Reise begleiten.

„Blackbeard meinte, dass Ihr diese Stiefelschnallen nicht verflucht habt, ist das wahr?", fragte er, als er sie aus seiner Tasche holte.

„Ich schwöre bei den Geistern meiner Schwestern, dass wir diese Stiefelschnallen nicht verflucht haben", versicherte Lucinda. Und bevor er noch eine weitere Frage stellen konnte, war ihr Bild aus dem Spiegel verschwunden.

Als er die Schnallen anlegte verspürte er das gleiche Gefühl dunkler Vorausahnung wie damals, als Blackbeard ihm dieses kostbare Geschenk gemacht hatte. Er fühlte sich furchtsam, holte einmal tief Luft, sah auf die Stiefelschnallen hinab und wurde plötzlich von einer Welle der Panik ergriffen, die so stark war, dass er die Phiole mit dem Feenstaub am liebsten gegen die Wand geschleudert hätte.

James verstand nicht genau, was er da fühlte. Es wirkte beinahe wie ein Instinkt – irgendetwas tief in seinem Inneren, das ihm sagte, dass er einen Fehler beging, dass er diese Reise aufgeben musste. Dann kamen ihm Blackbeards Worte wieder in den Sinn:

„Sich seinen Traum zu erfüllen, kann ein erschreckendes

Unterfangen sein, aus Angst, dass er den eigenen Erwartungen nicht gerecht wird.“

James schob seine Furcht beiseite und wandte sich von dem Spiegel ab. Mit einem theatralischen Schwung seines Mantels verließ er seine Kajüte, um endlich sein Abenteuer anzutreten. Er versuchte, sämtliche Angst und Zweifel aus seinem Herzen zu verbannen. Er war bereit.

***

James stand an Deck der *Jolly Roger* und hielt die Phiole mit dem Feenstaub fest in der Hand. Der Vollmond stand hoch am Himmel, hell leuchtend vor der atemberaubenden, glitzernden Kulisse Londons. Noch nie hatte er eine herrlichere Nacht erlebt als diese. Der Himmel funkelte im Sternenlicht, und sein Herz pochte heftig in seiner Brust, als ihm klar wurde, dass sein Ziel in dieser Richtung lag: Nimmerland, das Reich zwischen den Sternen. Es war, als würde er die Dinge zum ersten Mal in seinem Leben klar sehen. Er war nicht sicher, ob es an dem Feenstaub lag, aber alles wirkte lebhafter, und der Einsatz kam ihm höher vor. Vielleicht lag es daran, dass er sich endlich und wahrhaftig auf die Reise nach Nimmerland begab. Oder vielleicht war es die Magie, die in der Luft lag, aber er fühlte sich lebendiger als je zuvor. Jetzt konnte er sich in die Welt hinauswagen, wohin es ihm auch beliebte, ohne Schuldgefühle oder Verpflichtungen gegenüber seiner Familie. Seine einzige Verpflichtung galt jetzt Lucinda. Er musste Tinkerbell einfangen und zu ihr zurückbringen. Ein geringer Preis für das, wonach er sich wahrhaftig sehnte.

Ein geringer Preis für ein wundervolles Leben.

„Wie schwer kann es schon sein, eine Fee einzufangen?“, murmelte er, als er die kleine Phiole mit Feenstaub auf seine Handfläche leerte. Er holte tief Luft und pustete den Staub hinauf zu den Segeln. Wie von Zauberhand schwebte der funkelnde Staub mit dem Wind in die Nacht und ließ die Segel glitzern.

„Auf eure Positionen, Gentlemen, wir segeln nach Nimmerland!“, rief er, die Hand gen Himmel gestreckt, wohin der glitzernde Staub sich hinaufschlängelte, ehe er sich den Sternen vermischte. Das Schiff segelte voran, dann begann es zu fliegen und glitt auf dem magischen Staub dahin.

„Zum zweiten Stern rechts!“, rief er Skylights zu, der am Steuer stand. James staunte über den Anblick, der sich ihnen bot. Sein Mantel flatterte in der Brise, und als sie höher und höher segelten, spürte er, wie sein Herz immer leichter wurde. Je näher er Nimmerland kam, desto weniger belasteten ihn die Sorgen und der Kummer, die ihm in London oder in den Vielen Königreichen so schwer auf den Schultern gelegen hatten. Er begann, sich wieder jung zu fühlen und wie gelöst. Noch nie in seinem Leben hatte er solche Begeisterung verspürt, und bevor er wusste, wie ihm geschah, und lange bevor er den Morgen erwartet hatte, wurde ihm auf einen Schlag bewusst, dass sie zu hoch gesegelt waren. Nimmerland lag unter ihm, aber er war glücklich, es aus diesem Blickwinkel betrachten zu können. Der Anblick raubte ihm den Atem. Er war endlich zu Hause.

Das Schiff landete in einer Lagune nahe dem Ort, an dem die Verlorenen Jungs spielten. Es war, als würde er alte Freunde wiedersehen, und sein Herz machte vor Freude einen Satz. James hastete an die Steuerbordseite, die Arme ausgestreckt, als könne er es gar nicht erwarten, von seinen alten Freunden umarmt zu werden. „Meine Freunde! Ich bin endlich nach Hause zurückgekehrt!“, rief er überglücklich.

James war selig, wieder zu Hause zu sein, seine Freunde so zufrieden anzutreffen und so frei von den Sorgen, die Erwachsenen auf der Seele lasten. Er konnte kaum glauben, dass er endlich zurück war.

„Ahoi dort drüben, junge Männer!“ James konnte seine Begeisterung nicht zurückhalten. „Welches Spiel spielt ihr heute? Darf ich mich euch anschließen?“

„Hinfort mit dir, Pirat! Wir sind keine Männer!“, widersprach Peter mit einem entrüsteten Ausdruck auf dem Gesicht.

„Aber wir sind alte Freunde, du und ich. Willst du mich nicht als solchen willkommen heißen? Sicher erinnerst du dich noch an mich, Peter?“, fragte James lächelnd und wartete darauf, dass sein alter Freund ihn wiedererkannte.

„Ich habe nicht die Angewohnheit, mich mit Piraten anzufreunden“, schnaubte Peter verächtlich. „Solltest du dich nicht irgendwo anders rumtreiben und versuchen, jemandem seine Schätze zu stehlen oder ihn zu entführen? Wer hat schon jemals von einem Piraten gehört, der versucht, Freunde zu finden?“, sagte Peter, woraufhin die Verlorenen Jungs mit ihren Mätzchen aufhörten und in Gelächter ausbrachen. Slightly, Nibs, Tootles und die Waschbären-Zwillinge hatten Cubby in eine riesige Steinschleuder gesteckt und machten Anstalten, ihn über die Lagune zu katapultieren.

„Los doch, nimm dein Schiff aus dem Weg, wir wollen Cubby starten lassen!“, rief Tootles.

„Ja, weg da! Du machst unser Spiel kaputt!“, brüllte Nibs.

„Wer hat dir überhaupt gesagt, dass du in unserer Lagune landen darfst?“, fragte Slightly und streckte James die Zunge raus.

„Erkennt mich denn keiner von euch wieder? Du doch bestimmt, Peter!“, sagte James, dem schmerzhaft bewusst war, dass seine Männer ihn beobachteten. Er begann sich lächerlich vorzukommen.

James hatte nicht bemerkt, dass Tinkerbell auf Peters Schulter saß, bis er sah, wie sie ihm etwas ins Ohr flüsterte, das Peters Augen vor Überraschung kugelrund werden ließ.

„Bist das wirklich du, James?“, fragte er, und seine Miene änderte sich, die Augen waren weit aufgerissen. „Ich habe dich gar nicht erkannt, du bist jetzt so alt.“ Peter lachte und warf mit weit aufgerissenem Mund den Kopf in den Nacken, genau wie James es in Erinnerung hatte.

„Sprich nicht mit ihm, Peter. Er ist ein Erwachsener!“, sagte Nibs.

„Wir können ihm nicht trauen!“, warnte Cubby. „Er macht unser Spiel kaputt!“

James begriff nicht, warum seine alten Freunde sich so seltsam aufführten. Er war endlich zurück und Peter und die Verlorenen Jungs hassten ihn.

„Tink meint, dass man dir nicht vertrauen kann, und ich glaube, sie hat recht!“, verkündete Peter, aber bevor James etwas erwidern konnte, war Smee hinter seinem Rücken aufgetaucht und mischte sich in das Gespräch ein.

„Ich kann euch versichern, dass Master James absolut vertrauenswürdig ist und im Geiste der Freundschaft kommt. Ich kenne ihn schon sein ganzes Leben und weiß mit Sicherheit, dass er sich diesen Tag ein Leben lang gewünscht hat."

Peter beäugte Smee aus zusammengekniffenen Augen, dann wanderte sein Blick zurück zu James, und er musterte sie beide.

„Rede weiter", forderte er Smee auf, und James hätte nicht sagen können, ob Peter gebannt oder amüsiert von Smee war – oder ob er ihm bloß einen Gefallen tat. Auf jeden Fall war James froh, dass Smee Peters Aufmerksamkeit erregt hatte.

„Was, wenn ich dir erzähle, dass wir am dritten Abend von heute ein großartiges Fest feiern, zu dem du und all deine Verlorenen Jungs eingeladen seid? Es wird Musik geben, Essen, Tanz und Spiele. Werdet ihr kommen?", fragte Smee lächelnd.

James hielt das für eine geniale Idee und wünschte, er wäre selbst darauf gekommen.

„Essen und Spiele, sagst du?", fragte Peter, die Hände in die Hüften gestemmt.

„Oh ja! Das absolut köstlichste Essen, das ihr je probiert habt. Smee hier ist ein ausgezeichneter Koch", sagte James.

„Gibt es Kuchen?", fragte Cubby.

„Und Gelees? Gibt es Gelees?“, seufzte einer der Waschbären-Zwillinge.

„Was ist mit Süßigkeiten? Habt ihr Schokolade?“, wollte Slightly wissen.

„Und Schokoladenkuchen? Gibt es Schokoladenkuchen?“, fragte Peter.

„Ja, meine Freunde, den größten Schokoladenkuchen, den ihr je gesehen habt. Bitte leistet uns Gesellschaft. Ich verspreche, dass es ein unvergesslicher Abend wird“, sagte James mit einem breiten Lächeln.

„Also schön. Wir sehen euch dann“, willigte Peter mit einem spitzbübischen Grinsen ein.

„Wunderbar! Und Tinkerbell, du bist uns natürlich auch herzlich willkommen. Ich hoffe, dass du dich uns anschließen wirst“, sagte James und entwarf in Gedanken bereits einen Plan, wie er Tinkerbell entführen konnte.

Kapitel XIII

Das Lied der Sirenen

Mit seinem Vorschlag, eine Feier für die Verlorenen Jungs zu veranstalten, hatte Smee James die perfekte Gelegenheit verschafft, Tinkerbell einzufangen. Aber das wollte sorgfältig geplant sein. James wollte vermeiden, dass Peter von seinem Part in dieser Geschichte erfuhr. Tatsächlich fühlte er sich schrecklich, seine Rückkehr so zu beginnen und seine Freunde derartig zu hintergehen. Er wünschte, er könnte dieses Fest einfach nur feiern, um seinen Freunden zu beweisen, dass er vertrauenswürdig war. Aber er hatte sich bei seiner Rückkehr nach Nimmerland nicht sonderlich geschickt angestellt, als er direkt in der Lagune vor Peter und den Verlorenen Jungs gelandet war. Wenn er nicht so aufgeregt gewesen wäre, sie alle wiederzusehen, dann hätte er es sich zweimal überlegt, seine Rückkehr anzukündigen. Er hätte verstohlener vorgehen sollen, im Geheimen auftauchen, sich versteckt halten und *dann* einen Weg finden sollen, Tinkerbell einzufangen. Aber jetzt war es zu spät für verstohlene Pläne. Peter wusste, dass er da war, und er musste das Beste aus der Situation machen.

Die Crew war entzückt, dass James sie angewiesen hatte, mit der *Jolly Roger* vor einer einschüchternden Insel in Form eines Totenschädels vor Anker zu gehen.

„Das ist das perfekte Piratenversteck! Ich wette, dass keine andere Crew so einen genialen Unterschlupf hatte“, schwärmte Jukes.

„Stellt euch nur die ganzen Schätze vor, die wir hier verstecken können. Wir müssen uns keine Sorgen machen, dass eine andere Crew sich unsere Beute schnappt“, jubelte Damien Salt.

Auch Skylights schien Nimmerland gutzuheißen. „Wir können Nimmerland als unseren Heimathafen zwischen Beutezügen nutzen, wenn Sie es für sicher halten, Captain. Wer ist sonst noch hier, außer den Verlorenen Jungs?“

James wusste nicht, wie er der Crew beibringen sollte, dass er nicht vorhatte, Nimmerland wieder zu verlassen, sobald er von seinem Auftrag, Tinkerbell in die Vielen Königreiche zu bringen, zurückgekehrt war. Er wollte nicht, dass irgendetwas sie von seinem Plan ablenkte, und er war noch nicht bereit, sich den Fragen der Crew zu stellen, die unweigerlich auf ihn einprasseln würden, sobald er ihnen mitteilte, dass er keinerlei Absichten hegte, ein Pirat zu bleiben.

„Es hat keinen Sinn, auf der Totenkopfinsel zu kampieren, wenn wir hier auf dem Schiff alles haben, was wir brauchen. Wir sollten uns auf unseren Plan konzentrieren, Tinkerbell einzufangen und sie in die Vielen Königreiche zu bringen. Danach steht es uns frei zu entscheiden, was wir als Nächstes tun wollen."

Die Männer schienen mit dieser Antwort zufrieden. Keiner von ihnen gehörte zu der Sorte, die vor einer kleinen Betrügerei zurückschreckte, darum waren sie ganz versessen auf James' Plan.

„In Ordnung, Männer, ich werde mal nach Mr. Smee sehen."

James fand ihn in der Kombüse, umgeben von Töpfen, die über dem Feuer vor sich hinblubberten. „Smee, mein alter Freund, wie ich sehe, hast du dich schon an die Vorbereitungen für die Feier gemacht! Gibt es hier irgendetwas, das jemanden in den Schlaf schicken würde?" James stöberte durch die verschiedenen Gewürzen und Teesorten in der Vorratskammer. Er merkte, dass er seinem alten Freund auf die Nerven ging. „Was ist los mit dir? Bringe ich dein System durcheinander? Habe ich alles in Unordnung gebracht?", fragte James grinsend.

„Es tut mir leid, Sir, aber ja. Bitte, lassen Sie mich nachsehen", bat Smee und ging zur Vorratskammer. „Ich weiß, dass Captain Blackbeard jeden Abend vor dem Zubettgehen einen Schlaftrunk in seinen Tee getan hat. Geben Sie mir einen Augenblick, um ihn zu finden. Obwohl ich mir nicht sicher bin, wie wirksam er war, da er anscheinend nie geschlafen hat. Warum fragen Sie überhaupt?", fragte er, während er sich an James vorbeischob, die Flasche fand und sie ihm reichte.

„Würde die Menge ausreichen, um alle Verlorenen Jungs einschlafen zu lassen?", fragte James und hielt die Flasche gegen das Licht.

„Das möchte ich meinen, aber wir haben auch noch mehr. Blackbeard hat immer dafür gesorgt, dass ich genügend auf Vorrat habe", sagte Smee und kniff die Augen zusammen. „Was schwebt Ihnen vor, Sir?", fragte er.

„Ich möchte, dass du den wundervollsten, köstlichsten, verführerischsten Schokoladenkuchen backst, und ich will, dass du ihn mit diesem Schlaftrunk versetzt. Wir werden uns eine Fee fangen!"

„Verzeihen Sie, dass ich das so offen sage, Sir, aber das ist absolut töricht! Peter und die Verlorenen Jungs werden wissen, dass Sie es waren. Ich traue diesen Verdrehten Schwestern nicht, und ich kann nicht fassen, dass Sie ihrem wahnwitzigen Plan zugestimmt haben."

„Wir haben das doch bereits besprochen, Smee. Welche Wahl wäre mir denn geblieben? Es war die einzige Möglichkeit, sicherzustellen, dass meine Mutter gut versorgt ist. Wenn du sie gesehen hättest, Smee, dann würdest du verstehen, warum ich den Handel mit den Verdrehten Schwestern eingehen musste. Aber sie werden mir meinen sehnlichsten Wunsch nur erfüllen, wenn ich ihnen Tinkerbell bringe."

„Ich dachte, Sie hätten Ihren sehnlichsten Wunsch bereits erhalten. Wir sind in Nimmerland! Das ist alles, was Sie je wollten." Smee runzelte die Stirn.

James war überrascht. Er hätte gedacht, wenn irgendjemand von seinem tiefsten Herzenswunsch wüsste, dann wäre es Smee. „Es gibt noch eine andere Sache, nach der ich mich vor allem anderen sehne, und Lucinda hat versprochen, dass sie über die Macht verfügt, mir diesen Wunsch zu erfüllen. Außerdem wird Peter es nie herausfinden. Während alle anderen schlafen, werde ich Tinkerbells Feenstaub dazu verwenden, in die Vielen Königreiche zu gelangen, um sie an Lucinda zu übergeben. Wenn alle aufwachen, sind wir längst zurück und tun so, als wären wir auch eingeschlafen. Wir werden uns genauso überrascht zeigen wie alle anderen, dass Tinkerbell verschwunden ist. Peter wird nichts ahnen. Es ist genial!", sagte James und wirkte äußerst zufrieden mit sich.

„Aber ist es richtig, Tinkerbell gegen ihren Willen zu entführen?"

„Sie wurde gegen ihren Willen hierher verbannt, Smee, aus dem Zuhause gerissen, das sie liebt. Ich bringe sie zurück an den Ort, wo sie hingehört."

„Sind Sie sicher, dass sie nicht aus dem Tal der Feen stammt?"

„Tal der Feen?" James hatte keine Ahnung, wovon Smee da sprach.

„Sie haben mir als Kind unzählige Male davon erzählt. Wissen Sie es nicht mehr? Sie haben gesagt, es sei das verborgene Herz von Nimmerland, wo alle Feen geboren werden."

Daran konnte James sich nicht erinnern. Soweit er wusste, war Tinkerbell die einzige Fee in Nimmerland.

„Ich weiß es nicht, Smee. Ich bin kein Experte in Feenkunde. Lucinda behauptet, dass Tinkerbell aus dem Feenreich in den Vielen Königreichen stammt, sich aber nicht daran erinnert. Sie meint, dass ihre Erinnerungen zurückkehren werden, sobald sie wieder zu Hause ist."

„Ich weiß nicht, Master James. Ich denke, dass Sie sich besser mit Circe hätten einlassen sollen. Nach allem, was Sie mir erzählt haben, klingt es nicht danach, als ob man Lucinda vertrauen kann. Außerdem scheint Tinkerbell sehr an Nimmerland und an Peter zu hängen. Wäre es ihr gegenüber da fair, sie fortzubringen?"

„Woher weißt du so viel über Nimmerland, Smee?"

„Von Ihnen natürlich, Master James. Sie haben als Kind von nichts anderem geredet."

„Nun, wie dem auch sei, Circe verfügt nicht über die Macht, mir das zu geben, was ich wirklich will. Ihre Mutter aber schon, und das ist mein letztes Wort in dieser Sache“, erklärte James und ließ Smee keine Gelegenheit, weitere Fragen zu stellen.

„Ja, Sir.“

„Dann wäre das geklärt. Ich wollte dich fragen, ob du alles hast, was du brauchst, aber es sieht aus, als hätten wir mehr als genug.“ James musterte die Stapel an Proviant, die Smee in den Vielen Königreichen besorgt hatte. „Bitte so viele der Männer, dir bei den Vorbereitungen für die Feier zu helfen, wie du brauchst, Smee. Ich will, dass alles perfekt wird.“

„Keine Sorge, Sir. Ich habe hier alles im Griff.“

Ihnen blieben noch drei Tage bis zu der großen Feier, und James wusste, dass Smee alles in seiner Macht Stehende tun würde, um dafür zu sorgen, dass sie ein voller Erfolg wurde, auch wenn er so seine Bedenken hatte. Tatsache war, dass James diese Bedenken teilte. Er konnte nicht aufhören, an die Herrinnen des Waldes der Toten zu denken. Ständig sah er Circes Gesicht vor sich und verspürte eine tiefe Scham darüber, sie betrogen zu haben. Aber sie konnte ihm nicht geben, was er sich sehnlichst wünschte – sie hatte es selbst gesagt. Es leuchtete ihm ein, dass ihre Mütter mächtiger waren und es in ihrer Macht stand, ihm seinen größten Wunsch zu erfüllen. Aber auch Circes Warnungen über ihre Mütter schlichen sich immer wieder zurück in seine Gedanken, und er befürchtete, einen schrecklichen Fehler begangen zu haben. Je länger er in Nimmerland war, desto unsicherer wurde er tatsächlich über das alles. Er wünschte, er könnte sich wieder so fühlen wie noch vor Kurzem, als sein Schiff im Sinkflug gewesen war und er sich um nichts in der Welt Sorgen gemacht hatte. Doch jetzt bohrte sich die Angst in sein Herz – und er hatte das tiefe, anhaltende Gefühl, dass sie schon viel länger dort verweilte, als er sich eingestehen wollte. Schon seit er seine Stiefelschnallen angelegt hatte.

Hatte Blackbeard recht? Fürchtete James sich davor, dass sein Traum wahr wurde? Fürchtete er sich in Wahrheit davor, dass Lucinda ihm seinen Traum erfüllen könnte, aus Angst, dass er nicht seinen Erwartungen entsprach? Die Dinge waren bisher ganz und gar nicht so verlaufen, wie er sie sich gewünscht hätte. Peter und die Verlorenen Jungs waren überhaupt nicht glücklich, ihn zu sehen, und jetzt würde er sie austricksen, damit er Tinkerbell entführen konnte.

Vielleicht hatte Smee recht. Vielleicht ging er die ganze Sache völlig falsch an. Die Angst, wie schief alles laufen könnte, baute sich in ihm auf und ließ sein Herz lauter schlagen, wie das unablässige Ticken einer Uhr.

Nachdem er sich noch einmal bei den Männern vergewissert hatte, dass sie sich über ihren Plan für den Abend der Feier im Klaren waren, beschloss er, sich von seinen Sorgen abzulenken, indem er die benachbarten Gebiete rund um die Totenkopfinsel erkundete. Da Nimmerland aus mehreren Inseln bestand, nahm James sich ein kleines Ruderboot und wagte sich hinaus. Er hatte nie vergessen, wie schön es in Nimmerland war. Alle Städte verfügten über ihren eigenen Herzschlag, ihre eigene Seele, aber das hier war weit mächtiger als der Unterschied zwischen dem Leben auf dem Land und dem Leben in der Stadt. Dies war eine andere Welt, und es fühlte sich an wie eine Heimkehr.

Die Totenkopfinsel lag nicht weit entfernt von dem Teufelsast, dem Eingang zu dem Ort, an dem die Verlorenen Jungs hausten. James konnte den großen toten Baum von seinem Boot aus sehen, und er fragte sich, was Peter und die Verlorenen Jungs in diesem Augenblick wohl trieben. Auf der anderen Seite der Totenkopfinsel lag die Meerjungfrauen-Lagune. Da er beschlossen hatte, Peter und den Verlorenen Jungs bis zur Feier aus dem Weg zu gehen, entschied er, den Meerjungfrauen einen Besuch abzustatten.

Es war seltsam für James, zurück an einem Ort zu sein, den er als sein Zuhause betrachtete, wo er sich aber wie ein Außenseiter fühlte, als gehörte er hier nicht her. Doch er vermutete, dass sich das alles ändern würde, wenn er Tinkerbell erst einmal in die Vielen Königreiche gebracht und Lucinda ihm seinen letzten Wunsch erfüllt hatte. Obwohl er bereits ein Leben lang darauf gewartet hatte, dass all dies endlich Wirklichkeit wurde, fühlten sich diese drei weiteren Tage wie eine Ewigkeit an. In drei Tagen würde er bekommen, was er sich immer wahrhaftig gewünscht hatte. Als sein Boot in die Meerjungfrauen-Lagune glitt, hörte er die Stimmen der Meerjungfrauen, die sich miteinander unterhielten. Ihre trällernden Stimmen brachten augenblicklich die Erinnerungen daran zurück, wie er sie als kleiner Junge besucht hatte.

Die Meerjungfrauen-Lagune bestand aus einem beinahe vollständig verborgenen Steinbecken, und ihr Wasser war von einem tiefen Blau. Als James näher kam, konnte er mehrere Meerjungfrauen erkennen, die von ihren Felsen aus in den Abendhimmel blickten, während sie dem plätschernden Wasserfall hinter sich lauschten, beschienen vom Mondlicht. Er konnte nicht glauben, dass er tatsächlich hier war und dass seine Erinnerungen an diesen Ort in seiner Vorstellung über all die Jahre hinweg so lebendig geblieben waren. Er saß einfach nur in seinem Boot und beobachtete sie, sog die Schönheit der Lagune in sich auf und verspürte eine Woge des Glücks in seinem Herzen, endlich an dem Ort angekommen zu sein, nach dem er sich so viele Jahre gesehnt hatte.

„Wir wissen, dass du dich dort herumtreibst, James. Komm herüber und sag uns Hallo“, sagte eine der Meerjungfrauen. Sie hatte langes dunkles Haar und Augen mit so zarten und niedlichen Zügen, dass sie James an ein kleines Kaninchen erinnerte.

„Einen guten Abend euch, Ladys. Bitte vergebt mir die Störung“, sagte er und lächelte den Meerjungfrauen zu. Und in diesem Augenblick traf es James wie ein Schlag, dass Nimmerland real war. Er verstand nicht, warum ihn diese Erkenntnis nicht schon früher getroffen hatte. Vielleicht war es die Aufregung darüber, endlich wieder hier zu sein und seine alten Freunde, Peter und die Verlorenen Jungs, wiederzusehen. Aber etwas an dem Anblick der Meerjungfrauen, dieser beinahe magischen Wesen, die nicht Teil seiner eigenen Welt waren, ließ auf einmal alles real erscheinen. Er hatte gar nicht bemerkt, wie sehr er zugelassen hatte, dass seine Eltern ihn an seinen eigenen Erinnerungen zweifeln ließen. Und obwohl er seinen Traum unbeirrt weiter verfolgt hatte, begriff er nun, dass ein winziger Teil von ihm sich immer gefragt hatte, ob er sich das alles nicht nur eingebildet hatte. Aber er war wirklich hier. Er war in Nimmerland, und er könnte nicht glücklicher sein.

„Nach all den Jahren hast du also den Weg zurück nach Nimmerland gefunden", sagte eine Meerjungfrau mit goldenem Haar und einem verschmitzten Grinsen. Sie schlug ihre Schwanzflosse gegen das Felsenbecken, wie eine Katze mit dem Schwanz zuckt, wenn sie aufgeregt ist.

„Wir haben uns alle gefragt, ob du wohl je zurückkehren würdest. Aber anscheinend hatte Peter recht, er wusste, dass du Nimmerland wiederfinden würdest", sagte eine rothaarige Meerjungfrau.

James verstand einfach nicht, warum niemand in Nimmerland sich zu freuen schien, ihn zu sehen. Obwohl nur sehr bruchstückhaft, waren seine Erinnerungen an Nimmerland ausnahmslos gut. Allmählich fragte er sich, ob es nicht sein Eindruck von Nimmerland war, bei dem er falsch lag, aber dann rief er sich ins Gedächtnis, dass in drei Tagen alles besser werden würde.

„Was meinst du?" James kniff die Augen zusammen, um zu erkennen, welche der Meerjungfrauen das gesagt hatte. Die Dunkelheit war über die Lagune hereingebrochen, und das Licht des Mondes wurde jetzt von Wolken verschluckt.

„Ich erinnere mich noch an dein Geheule an dem Tag, an dem du zurückgefordert wurdest. Es war grässlich und hat mir in den Ohren geschmerzt. Ich muss zugeben, dass ich froh war, als deine Mutter dich endlich gefunden hatte."

„Aber deine Schreie waren nichts im Vergleich zu denen deiner armen Mutter. Wir konnten sie den ganzen Weg aus dem Labyrinth der Sehnsucht hören, wie sie wieder und wieder deinen Namen geschrien hat", erzählte die dunkelhaarige Meerjungfrau. „Ich frage mich, ob sie jetzt dort ist?"

„Sei nicht dumm. James ist kein Verlorener Junge. Nur die Mütter der Verlorenen Jungs sind in dem Labyrinth gefangen", warf die Meerjungfrau mit dem goldenen Haar ein.

„Wovon redet ihr da?", fragte James. „Was ist das für ein Labyrinth?" Er konnte sich an keinen solchen Ort erinnern und war sich sicher, dass die Meerjungfrauen ihn bloß aufziehen wollten.

„Was hast du überhaupt in Nimmerland zu suchen, James? Hier gibt es nichts für dich. Peter und die Verlorenen Jungs werden dir nicht vertrauen. Du bist ein Erwachsener. Es scheint wie eine törichte Reise, der ganze weite Weg aus London", meinte die rothaarige Meerjungfrau.

„Peter vertraut mir. Wir sind alte Freunde." James spürte, dass die Meerjungfrauen ihm nicht glaubten, und er konnte es ihnen nicht verübeln. Er wusste ja selbst nicht einmal, ob er seinen eigenen Worten Glauben schenkte. „Und wenn er es noch nicht tut, dann wird er es schon bald, da bin ich sicher. Ich werde ihm beweisen, dass ich sein Freund bin."

Die Meerjungfrauen brachen in Gelächter aus. „Du glaubst, dass es das ist, was du hier tust, James? Freundschaften schließen?"

James wünschte, er wäre einfach auf dem Schiff geblieben. Mit jeder Begegnung, die er in Nimmerland machte, fühlte er sich einsamer. Die Meerjungfrauen hatten recht – er *war* gekommen, um Freundschaften zu schließen, aber jetzt kam es ihm lächerlich vor, dass er geglaubt hatte, Peter oder irgendjemand sonst in Nimmerland würde ihn als Freund willkommen heißen.

Er hatte sein ganzes Leben allein verbracht. Mit Ausnahme von Mr. Smee hatte er in seiner Jugend keinen einzigen Freund gehabt. Er hatte schlichtweg keine Zeit für so etwas gehabt, und die wenigen Menschen, die er ernsthaft kennenzulernen versucht hatte, verstanden ihn und seine Besessenheit mit Nimmerland nicht. Jetzt fragte er sich allmählich, ob er sein Leben verschwendet hatte und ihm Gelegenheiten entgangen waren, weil sein gesamter Fokus darauf gelegen hatte, Nimmerland wiederzufinden. Inzwischen war er ein Erwachsener, und niemand hier konnte ihn leiden. Es war, als wäre er der Schurke in einem Märchen, der gefürchtete Pirat, und das war nicht die Rolle, die er in seiner eigenen Geschichte spielen wollte. Er musste mit Circe sprechen, selbst wenn das bedeutete, sich ihrer Enttäuschung zu stellen.

„Du hast hier keine Freunde, James-mit-keinem-Weg-zurück-nach-Hause. Genauso gut könntest du versuchen, deinen Weg zurück durch das Labyrinth zu finden. Wenn du nur aufmerksam genug hinhörst, kannst du all die Mütter der Verlorenen Jungs hören, die nach ihren Söhnen rufen, endlos auf der Suche nach ihnen", sagte die dunkelhaarige Meerjungfrau. „Der Wind trägt ihren Klagegesang zu unserer Lagune."

„Wo ist dieser Ort?", fragte James.

„Du solltest es wissen. Denn du bist dort hineingewandert. Auf diese Weise hat deine Mutter dich gefunden, damals, vor all diesen Jahren", erwiderte die verschmitzte Meerjungfrau und lachte ihn aus.

„Sagt mir, wo es ist!", verlangte er. Allmählich wurde er wütend. „Spielt keine Spielchen mit mir."

„Es liegt versteckt, selbstverständlich. Peter will nicht, dass die anderen Verlorenen Jungs hineinwandern, damit nicht auch sie zurückgefordert werden", erklärte die Meerjungfrau mit dem hellen Haar.

„Warum durfte ich dann in das Labyrinth gehen?"

„Das ist eine Frage für Peter", antwortete die Meerjungfrau mit dem Kaninchengesicht.

„Ihr lügt!“, rief James. „Peter hat mich nicht fortgeschickt!“ Er wendete sein kleines Boot, um die Lagune zu verlassen.

„Glaub, was du willst, James. Aber wenn du die Wahrheit erfahren willst, musst du nur aufmerksam lauschen und den Klängen der Verzweifelten folgen, dann wirst du das Labyrinth finden.“

„Papperlapapp!“

Das Gelächter der Meerjungfrauen folgte ihm, als er aus der Lagune ruderte. James fragte sich, was er eigentlich hier machte. Er hatte sein Leben aufs Spiel gesetzt, um nach Nimmerland zu gelangen, und alle hier schienen ihn zu hassen, ganz gleich, was er auch tat. *In drei Tagen wird alles in Ordnung sein*, ermahnte er sich immer wieder. *Alles wird sein, wie es sein soll.* Gleichzeitig befürchtete er immer stärker, dass Circe mit ihren Warnungen richtig gelegen hatte.

Später in der Nacht warf James sich in seinem Bett hin und her, gequält von der Frage, ob die Meerjungfrauen die Wahrheit gesagt hatten. Die Vorstellung, wie die Mütter der Verlorenen Jungs endlos nach ihren Söhnen suchten, war ein schrecklicher Gedanke. Er hatte nie in Betracht gezogen, wie es vor all den Jahren für seine eigene Mutter gewesen sein musste, sondern nur an sich gedacht. Sein ganzes Leben hatte er damit zugebracht, es seiner Mutter übel zu nehmen, dass sie ihn zurückgefordert hatte. Und jetzt konnte er das Bild nicht aus seinen Gedanken vertreiben, wie sie allein in London saß, um ihren toten Ehemann trauerte und um ihren Sohn, der sie im Stich gelassen hatte. Und was war mit den Müttern von Peter und den Verlorenen Jungs? Trauerten auch sie um ihre verlorenen Söhne? War inzwischen so viel Zeit vergangen, dass sie nichts als Geister waren, für immer gefangen in dem Labyrinth, auf der Suche nach ihren Söhnen? Der Gedanke jagte James einen Schauer über den Rücken. Er zog sich die Decke bis unter das Kinn hoch, versuchte, diese grauenvollen Bilder aus seinen Gedanken zu vertreiben und sich stattdessen an das Einzige zu erinnern, was zählte: Er war zurück in Nimmerland, endlich, und schon bald würde er haben, was er sich wirklich wünschte. Freunde.

Kapitel XIV

Spiegel und Irrsinn

Ein markerschütternder Schrei hallte durch die Vielen Königreiche, und alle, die ihn hörten, wussten, dass Circe von einem Albtraum aus dem Schlaf gerissen worden war. Der Wald der Toten war in Dunkelheit gehüllt, durchbrochen nur vom Glanz der goldenen Blumen, die die Grabsteine, Grüfte und weinenden Engel erhellten, während die Königinnen dieses Landes verzweifelt aufstöhnten.

Circe erwachte in ihrer Spiegelkammer, voller Angst um James und darum, was ihm in Nimmerland widerfahren könnte. In ihrem Traum sah sie James blutüberströmt und allein, das Herz gebrochen und voller Zorn. Er rief ihren Namen, und sie bereute, nicht stärker versucht zu haben, ihn im Wald der Toten zu halten. Seit dem Bruch der Welten hatte Circe das Traumreich genutzt, um zu schlafen. Die einzige Möglichkeit für sie, ein wenig Ruhe zu finden, war, einen Schlafzauber anzuwenden, da sie sonst von den schrecklichen Ereignissen mit ihren Müttern geplagt wurde. Für jene, die mit den vielen Geschichten im Buch der Märchen vertraut sind, es handelt sich hier um ebenjene Spiegelkammer, in der Aurora einst schlummerte, während sie unter dem Fluch ihrer Mutter Maleficent stand. Es ist der Ort, an den ein jeder entschwindet, der mit einem Schlafzauber belegt wurde, obwohl die meisten sich hinterher nicht mehr daran erinnern, dort gewesen zu sein. Was ein Segen ist – denn jene, die lernen, sich die Magie der Spiegel zunutze zu machen, sehen häufig Dinge, von denen sie hinterher wünschten, sie hätten sie nie erfahren. Stellt euch nur vor, Aurora könnte sich daran erinnern, was ihr in der Kammer der Träume zugestoßen war. Die Schrecken und die Wahrheiten, die sie dort erfahren hatte, würden sie bis an ihr Lebensende verfolgen. Wir fragen uns noch immer, was wohl geschehen wäre, wenn Maleficent ihre Tochter nicht mit jenem Schlaffluch belegt hätte. Hätte sie sich, genau wie ihre Mutter, an ihrem sechzehnten Geburtstag in einen Drachen verwandelt und die Lande in Brand gesetzt? Wir trauern noch heute darum, was aus Aurora hätte werden können. All diese Magie tief in ihrem Inneren vergraben. Manchmal fragen wir uns, was wohl geschehen würde, sollten wir uns dazu entschließen, sie zu erwecken. Aber anders als Aurora und die anderen, die in der Kammer der Spiegel schlummerten, konnte Circe sich erinnern. Es war die einzige Möglichkeit, ihren Körper ruhen zu lassen, während ihr Geist ununterbrochen vor Magie summte.

Die Kammer umfasste zahllose Spiegel, alle von ihnen Fenster in andere Welten. Circe konnte jeden Menschen und jeden Ort sehen, der ihr beliebte. Alles, was sie dafür tun musste, war, ihren Namen zu sagen.

„Zeig mir Lucinda“, verlangte sie nun.

Circe zuckte zusammen, als sie sah, wie der Spiegel zersplitterte und das Bild ihrer Mutter in drei Teile zerbrach, obwohl sie jetzt nur noch eine Mutter hatte anstelle von dreien. Es war eine schmerzhafte Erinnerung daran, dass Ruby und Martha nicht mehr körperlich unter ihnen weilten.

„Mutter! Warum tust du James das an?“ Circes Gesicht war grimmig und ihre Stimme voller Zorn. Sie hasste es, ihre Mutter im Spiegel herbeizurufen. Mit ihr zu sprechen, brachte Circe dieser Tage nichts als Schmerz.

„Bist du so verloren, dass du vergessen hast, wie die Zeit in den Welten außerhalb des Waldes der Toten funktioniert?“, fragte Lucinda. „Zeit ist ein Konstrukt, und um es begreifen zu können, müssen die Sterblichen es als eine gerade Linie betrachten, obwohl für uns alle Zeitlinien parallel verlaufen. Für James kam seine Geschichte vor der von Lady Tremaine, und ihre kam vor der von Cruella. Wie sonst hätte Cruellas Vater die Ohrringe finden können und das Buch der Märchen? Und Lord und Lady Tremaine die Brosche?“

„Bist du nicht zufrieden mit all dem, was du in den Vielen Königreichen zerstört hast, sodass du auch noch Opfer aus fernen Welten hierherlocken musst, um ihnen durch deinen Verrat das Gleiche anzutun? Erst Cruella, dann Lady Tremaine und jetzt James." Circe war erschöpft und untröstlich darüber, dass sie selbst jetzt, da ihre Mutter weggesperrt war, immer noch versuchte, den Schaden, den sie verursacht hatten, wiedergutzumachen.

„Wir haben versucht, Lady Tremaine zu helfen. Wir haben ihr die Macht gegeben, ihr Herz zu schützen. Ohne die Brosche wäre sie vor Verzweiflung zusammengebrochen und hätte nie den Mut gehabt, sich von diesem schrecklichen Mann zu befreien", erwiderte Lucinda.

Circe erkannte eine gewisse Wahrheit in ihren Worten. Selbst wenn die Logik verdreht war, verstand sie, warum ihre Mutter so empfand.

„Du meinst, ihr *werdet* versuchen, ihr zu helfen", sagte Circe.

„*Haben*, *werden*, es ist alles dasselbe, Circe. Alle Zeit geschieht auf einmal. Du weißt besser als jeder andere, dass das wahr ist, obwohl du dich dem zu widersetzen scheinst", spottete Lucinda. Circe vermisste, wie es gewesen war, als sie sich mit ihren Müttern in der Zwischenwelt aufgehalten hatte. Sie hatte sich selbst geopfert, um ihre Mütter wieder ganz werden zu lassen. Sie hatte ihrer Cousine Schneewittchen das Herz gebrochen, als sie die Welt der Lebenden zurückließ, um die Vielen Königreiche zu retten, damit sie und all die anderen, die Circe liebte, überleben konnten – und sie hatte endlich ihre Mütter zurück gehabt. Sie waren die Frauen, die sie gewesen wären, wenn sie Circe nicht vor all diesen Jahren die besten Teile von sich selbst gegeben hätten, um sie zu erschaffen. Ihre gemeinsame Zeit in der Zwischenwelt gehörte zu ihren glücklichsten Erinnerungen, und sie wollte, dass diese Tage mit Lucinda, Ruby, Martha und ihrer Katze Pflanze für alle Zeit überdauerten. Liebend gern hätte sie die Ewigkeit am Küchentisch in ihrem alten Haus verbracht, mit Blick auf Grimhildes Apfelbaum durch das große, runde Fenster, hätte mit ihren Müttern gelacht, deren Gesellschaft sie nun zum ersten Mal wahrhaftig genießen konnte, weil sie endlich die Frauen waren, die sie sein sollten. Nicht die verdrehten Monster, zu denen sie geworden waren, nachdem sie das Beste von sich aufgegeben hatten. Aber das Schicksal hatte andere Pläne gehabt. Alles war fürchterlich schiefgelaufen, und jetzt herrschte zwischen ihnen nichts als Kummer und Groll.

„Warum heißt es im Buch der Märchen, dass die Circe, die vor mir kam, ein kleines Mädchen war, als sie im Feenreich ums Leben kam, wenn sie doch offensichtlich eine erwachsene Frau war, als sie Lady Tremaine im Ballsaal erschienen ist?“

„Durchsuchst du das Buch der Märchen etwa in der Hoffnung, einen Weg zu finden, James zu retten? Nun, es wird nicht funktionieren. Und was die Circe angeht, die vor dir kam … die Antwort steht in deinem Herzen. Sie war eine überaus fähige Hexe und um einiges mächtiger, als du dir auch nur vorstellen kannst. Aber du hast zu viel Angst, die Geschichten zu sehen, die dir in die Seele geschrieben stehen, und daher entzieht sich dir die Wahrheit.“

„Sie war eine Hexe und dir, Ruby und Martha nicht unähnlich: intrigant, falsch und grausam“, erwiderte Circe, voller Scham, dass die Frau, nach der sie benannt war, genau wie ihre Mütter gewesen war.

„Circe war eine große Hexe. Ich werde nicht zulassen, dass du die Stimme gegen sie erhebst. Sie hätte mich nie verraten, so wie du es getan hast“, fauchte Lucinda.

„Aber sie hat Lady Tremaine verraten. Sie hat sie mit einem Zauber belegt, der ihr Urteilsvermögen getrübt und sie zu einer Heirat mit diesem grässlichen Mann getrieben hat. Sie verspürte den Hauch einer Ahnung davon, als ihr sie in ihr Verderben gelockt habt“, sagte Circe.

„Lebst du dein Leben also wortwörtlich? Gebunden an eine Zeitlinie?“, fragte Lucinda und legte mit großen, neugierigen Augen den Kopf schief.

„Ich kann in einer Zeit verweilen, wenn ich mich nur genügend konzentriere. Aber ich habe mir erlaubt, Lady Tremaines und Cruellas Geschichten zu sehen, weil ich das Gefühl hatte, dass sie eine tiefe Verbindung zu der von James haben. Wenn ich James davon abhalten kann, das zu tun, was ihr von ihm verlangt, vielleicht kann ich dann außer ihm auch Lady Tremaine und Cruella retten. Aber all diese Geschichten haben sich vor Maleficent abgespielt, also sag mir, warum steht geschrieben, dass eure jüngste Schwester Circe ein kleines Mädchen war, als sie im Feenreich starb?“

„Ich dachte, das ist offensichtlich. Sie hat sich verzaubert, um jung zu erscheinen. Die Feen hätten ihr andernfalls nie vertraut“, antwortete Lucinda.

„All diese Jahre habe ich mir eingeredet, dass eure Schwester Circe wie ich war, dass ihr mich nach ihrem Vorbild erschaffen habt. Aber wie es scheint, war sie genauso verräterisch und grausam wie ihr!“

„Sie ist nicht die Böse dieser Geschichte, Circe – das sind die Gute Fee und Nanny! Du hast ihre Geschichte gesehen! Lady Tremaine hat sie um Hilfe angefleht, und sie haben sie ihr verweigert!“

„Da muss ich dir zustimmen, und ich plane, dies

mit Nanny und der Guten Fee zur Sprache zu bringen. So viele Leben stehen hier auf dem Spiel, und James ist der Schlüssel. Cruella könnte in diesem Augenblick die Welt bereisen, stattdessen ist sie in Hell Hall weggesperrt und durchlebt jeden Tag aufs Neue den Albtraum, der ihr Leben war. Und die arme Lady Tremaine hat unaussprechliche Qualen durchlitten. Sie hätte in London bleiben und glücklich und zufrieden den Rest ihres Leben verbringen sollen, aber ihr habt diese durchtriebene, abscheuliche Hexe geschickt, um sie hierherzubringen, und jetzt ist sie für immer in Cinderellas altem Schloss gefangen, für immer reglos, wie einer der weinenden Engel in meinem Garten. Es geht alles zurück auf James", sagte Circe.

„Wie meinst du das, sie ist reglos?", fragte Lucinda bebend vor Zorn.

„Ich dachte, du wüsstest davon. Die Gute Fee hat sie in eine Statue verwandelt. Sie war jenseits von Erlösung. Sie hat ihre Töchter misshandelt. Sie haben in ständigem Schrecken gelebt und fürchterlich unter der Hand ihrer Mutter gelitten. Es gab keine andere Möglichkeit."

„Und du hast zugelassen, dass deine geliebten Feen so etwas tun? Du, die dafür gestimmt hat, dass ein jeder eine gute Fee haben sollte? Du hast sie in die Hände von diesen Monstern gegeben?", zischte Lucinda.

„Wie kannst du es wagen, mir das zum Vorwurf zu machen! Das ist geschehen, während wir alle uns in der Zwischenwelt aufhielten. Nichts von alldem wäre geschehen, wenn ihr nicht gewesen wärt."

„Das alles war vorherbestimmt, Circe. Das ist es, was du nicht verstehst. Es stand geschrieben", sagte Lucinda.

„Weil ihr es geschrieben habt!", rief Circe.

„Warum stellst du mir diese Fragen, Circe? Diese Geschichten stehen dir in die Seele geschrieben. Warum fürchtest du dich davor, sie alle auf einmal zu betrachten? Du magst die mächtigste Hexe dieser Lande sein, aber deine Macht stammt von mir, meine Süße, und noch immer entzieht sich dir die wahre Macht des Buches der Märchen. Aber nicht mehr lange. Achte auf deine Träume, Circe. James' Schicksal ist besiegelt."

Kapitel XV

Lasst sie Kuchen essen

Drei Tage waren vergangen, seit James und seine Crew Nimmerland erreicht hatten, und zwei, seit die Meerjungfrauen ihn mit ihren Lügen und Halbwahrheiten über Peter und das Labyrinth der Sehnsucht verhöhnt hatten. Er wollte nicht glauben, was sie über Peter gesagt hatten. Jeder wusste, dass die Meerjungfrauen in Nimmerland ungezügelte, garstige Kreaturen waren. Dennoch fiel es ihm schwer, in den Tagen vor der Feier für die Verlorenen Jungs an etwas anderes zu denken. Jetzt war es wichtiger denn je, dass sein Plan, Tinkerbell zu fangen und sie in die Vielen Königreiche zurückzubringen, perfekt funktionierte. Nur dann konnte er wahrhaftig glücklich werden. Nur dann würde Lucinda ihm seinen Wunsch erfüllen, und wenn er den Meerjungfrauen Glauben schenken konnte, würde er Magie auf seiner Seite brauchen. Seine Träume waren gefüllt mit den Bildern geisterhafter Mütter, die, in Schleier gehüllt, leere Kinderwagen vor sich herschoben und um ihre verlorenen Söhne weinten. Endlos auf der Suche, gefangen im Labyrinth – Mütter, deren Herzen bei jeder Biegung, hinter der sie ihre Söhne nicht fanden, aufs Neue brachen.

Ohne die bevorstehende Feier und die Vorbereitungen hätte er das Gefühl gehabt, dass er allmählich verrückt wurde, denn sein Kopf war erfüllt von den schaurigen Rufen der Mütter der Verlorenen Jungs und dem Gedanken an seine eigene Mutter, die den Verlust ihres Sohnes und ihres Mannes betrauerte. Smee tat sein Bestes, um James' aufgewühlten Geist auf andere Gedanken zu bringen, indem er ihn ständig wegen dieser oder jener Kleinigkeit zu Rate zog. James wusste das zu schätzen, obwohl es offenkundig war, dass Smee nur versuchte, ihn abzulenken. Sosehr James den großen Blackbeard auch vermisste, er war froh, Smee an seiner Seite zu haben. Genau dort war Smee schon immer gewesen, immer da, um ihn zu unterstützen, schon seit er ein kleiner Junge gewesen war, fast wie ein Vater. Stets zur Stelle, um ihn zum Lachen zu bringen oder einer seiner Geschichten zu lauschen oder ihm ein spannendes Detail zu verraten, von dem er gelesen hatte, und James liebte ihn dafür.

Während die Tage verstrichen, spürte James, wie er zunehmend ängstlicher wurde. Sein Verstand wurde von all den zahlreichen Möglichkeiten geflutet, wie sein Plan scheitern könnte, und er befürchtete, dass er die ganze Sache völlig falsch angegangen war. James konnte sich nicht erinnern, dass er sich jemals so verängstigt gefühlt hatte, und er beschloss, sich in seine Kajüte zurückzuziehen und in der Stille dazusitzen und zu versuchen, den Kopf freizubekommen.

„Master James, es sieht Ihnen nicht ähnlich, sich solche Sorgen zu machen." Smee stand mit einer Tasse Tee im Türrahmen. Dampf stieg aus der Tasse auf wie aus einem Hexenkessel und erinnerte ihn an Circe. Er befürchtete, dass alles, was sie gesagt hatte, der Wahrheit entsprach. „Ihre Pläne funktionieren immer, James. Sie sind die gerissenste Person, die ich kenne. Ich bin sicher, dass Sie alles gut durchdacht haben und es so ablaufen wird, wie Sie es sich vorstellen."

James wusste, dass Smee versuchte, ihn aufzumuntern.

„Du hast gesagt, dass du es für einen schlechten Plan hältst, und allmählich denke ich das auch. Ich kann mir dieses schreckliche Gefühl der Furcht nicht erklären, das von mir Besitz ergriffen hat. Es ist alles verzehrend, Smee. Ich weiß nicht, was ich tun soll."

„In Ordnung, Master James, wir werden Folgendes tun. Warum lassen Sie mich nicht Ihren Gehrock herausputzen und diese Stiefel mit den Schnallen polieren? Wir werden dafür sorgen, dass Sie wie der tapfere Pirat aussehen, der Sie sind. Na los, raus aus den Sachen, und Sie machen ein schönes Nickerchen."

James kam sich wieder wie ein kleiner Junge vor, der, damals noch von *Mr.* Smee, herumkommandiert und für sein Nickerchen ins Bett gesteckt wurde. Als er noch klein gewesen war, hatten seine Ammen oder seine Gouvernanten häufig nach Mr. Smee geläutet, weil er die einzige Person gewesen war, auf die James hörte, insbesondere wenn er noch keine Lust auf sein Nickerchen hatte – oder irgendetwas anderes tun sollte, das er nicht wollte. Aber heute verspürte er ein seltsames Bedürfnis danach, auf diese Weise umhegt und gepflegt zu werden.

„Sie haben gerade erst einen sehr guten Freund verloren, James, und in kurzer Zeit eine Menge durchgemacht. Ruhen Sie sich aus, und lassen Sie den alten Smee sich um alles kümmern."

James lächelte, schlüpfte aus dem Mantel, zog die Stiefel aus und reichte sie Smee. Im selben Moment spürte er, wie ihm eine schwere Last von den Schultern fiel. Er hatte das Gefühl, wieder frei atmen zu können, und seine Ängste begannen sich zu verflüchtigen. Es war, als wären all seine Ängste und Sorgen auf magische Weise verflogen, kaum dass er seine Sachen abgelegt hatte. Er kam sich töricht vor, überhaupt so empfunden zu haben.

James schüttelte den Kopf und fragte sich, ob Blackbeard richtig gelegen hatte. Er hatte immer das

Gefühl gehabt, dass sein Mantel der Mantel eines Captains war, und auch die Stiefelschnallen, die Blackbeard ihm geschenkt hatte, waren immer schon ein Symbol seiner Pflicht gegenüber der Crew und der *Jolly Roger* gewesen. Ging es bei all dem darum, ein Captain zu sein, wie Blackbeard gesagt hatte? Woran es auch lag, in diesem Moment sehnte er sich nur danach, zu schlafen, wie Smee ihm geraten hatte, und das tat er auch. Bis später am Abend, wenige Stunden vor der Feier.

Als er erwachte, lagen seine Kleider auf einer großen hölzernen Truhe bereit. Smee hatte seinen Gehrock gereinigt, seine Stiefel poliert und seine Stiefelschnallen zum Glänzen gebracht. Er hatte ihm sogar ein sauberes weißes Hemd bereitgelegt und die weiße Feder an seinem Hut aufgebauscht. James legte alles an mit Ausnahme der Stiefelschnallen, von denen er im letzten Augenblick entschied, sie in die Schreibtischschublade zu Lucindas Spiegel zu legen. Dankenswerterweise starrte ihr Gesicht ihn nicht an, als er dieses Mal die Schublade aufzog, aber er warf sie trotzdem hastig wieder zu, aus Angst, dass sie plötzlich doch noch auftauchen könnte. Er betrachtete sich in dem großen vergilbten Spiegel neben der hölzernen Truhe und ihm gefiel, was er sah. Das Nickerchen war genau das gewesen, was er gebraucht hatte, und er war bereit für die Feier und das, was danach kommen sollte.

Die *Jolly Roger* erstrahlte vor dem dunklen Himmel, sämtliche Laternen waren entzündet und flackerten durch die vielen Fenster des Schiffes, während Glühwürmchen zu der Musik tanzten, die Skylights und Jukes aufspielten. Die Männer hatten eine großartige Zeit. James fand, dass sie sich nach der Feuerprobe mit dem Kraken und Blackbeards Verlust ein wenig Spaß verdient hatten. Es gefiel ihm, seine Männer so zufrieden und übermütig zu sehen. Er hatte kaum Gelegenheit gehabt, sich richtig bewusst zu machen, dass dies seine Crew war … und sein Schiff, denn alles, was passiert war, nachdem er Blackbeard auf dem Treibenden Friedhof zurückgelassen hatte, war so schnell geschehen. Blackbeard hatte recht behalten, als er meinte, dass die Männer alles für James tun würden, nachdem er ihnen das Leben gerettet hatte, indem er den Kraken besiegt hatte. Wie es schien, würden sie ihm bis ans Ende der Welt folgen, wenn er es von ihnen verlangte. Als er ihnen eröffnet hatte, dass sie Kurs auf Nimmerland nehmen würden, hatte er nicht eine Stimme des Protests vernommen, und sie waren alle an Bord gewesen, als er ihnen von seinem Plan erzählt hatte, Tinkerbell in die Vielen Königreiche zu verschleppen. Wenn alles nach Plan verlief, würden die Männer natürlich ihre eigenen Wege gehen, sobald James die Fee an Lucinda übergeben hatte und endgültig nach Nimmerland zurückgekehrt war. Er konnte von den Männern nicht erwarten, dass sie für immer bei ihm bleiben wollten. Natürlich waren sie ihm willkommen, sollten sie sich doch dazu entschließen, aber das sah er nicht kommen. Die Männer waren stets am glücklichsten, wenn sie ein Abenteuer bestreiten konnten oder auf eine Mission gingen, und in diesem Augenblick lautete ihre Mission, so zu tun, als wären sie freundliche Piraten, die für ihre neuen Freunde ein Fest veranstalteten. So, wie es aussah, hatte James das Gefühl, dass ihre List erfolgreich sein würde.

Er lächelte, den Blick auf die Gruppe von Männern gerichtet, die eine lebhafte kleine Melodie spielten, während die anderen dazu tanzten. In der Ferne konnte er die Meerjungfrauen ausmachen, die auf einigen Felsen thronten. Er hatte die Meerjungfrauen nicht eingeladen und war nicht froh, sie zu sehen, aber zumindest blieben sie unter sich.

Smee hatte sich mit seinem Festmahl für die Verlorenen Jungs selbst übertroffen: Es gab gebratene Hähnchen, Laibe von deftigem Brot, dicke Brocken Käse, würzigen Apfelwein, Schokoladenkekse, kleine Törtchen, mit süßer Creme gefülltes Gebäck, Bratäpfel mit Karamellsauce, in Schokolade getauchte Früchte, Butterkekse, Hagelplätzchen, Schüsseln mit süßer geschlagener Sahne, Zitronencreme und dann war da natürlich noch der gigantische Schokoladenkuchen, obwohl der noch in der Kombüse auf seinen spektakulären Auftritt wartete.

Auf James' Bitte hatte Smee die Uhr der Verdrehten Schwestern in der Mitte des Tisches platziert, damit er ein Auge darauf haben konnte, wie lange der Schlaftrunk wirken würde. Alles verlief genau nach Plan, mit Ausnahme der Meerjungfrauen. James bereute es inzwischen, ihnen einen Besuch abgestattet zu haben, aber zumindest war es ihm gelungen, die schrecklichen Bilder, die ihre Worte heraufbeschworen hatten, aus seinen Gedanken zu verbannen. Er fühlte sich wieder wie er selbst, voller Mut und in der Lage, so ziemlich alles zu bewerkstelligen, ganz gleich, wie gefährlich es auch sein mochte, so wie damals mit dem Kraken oder der *Flying Dutchman.*

Als er sah, wie Peter über die Köpfe der Meerjungfrauen hinwegflog, in der Luft Saltos schlug und sie bei seinem Anblick beinahe in Ohnmacht fielen, lachte er. Aber er konnte nicht umhin, eifersüchtig auf seinen alten Freund Peter zu sein, dem es immer so leichtfiel, Freunde zu finden. Es war ein Talent, von dem James wünschte, dass er darüber verfügen würde.

Genau in dem Moment landete Peter direkt neben James auf dem Deck. Er sah sich prüfend um und schien zufrieden mit dem, was er sah.

„Hallo, Pirat!“ Peter musterte ihn von Kopf bis Fuß. „Ich mag deinen Mantel. Er passt perfekt zu dir.“

„Willkommen, Peter, ich bin so froh, dass du gekommen bist. Wo sind die anderen Verlorenen Jungs und Tinkerbell? Smee hat ein richtiges Festmahl für sie vorbereitet.“

„Bist du glücklich, James? Ich habe mit den Meerjungfrauen gesprochen. Sie sagen, dass du nicht glücklich bist.“

„Du weißt doch, wie Meerjungfrauen sein können. Sie wollten mich bloß aufziehen, da bin ich sicher, und ich fürchte, ich hab zugelassen, dass sie mir zusetzen.“ James lächelte Peter an. Viele seiner Erinnerungen an Peter und die Zeit als Junge in Nimmerland waren verschwommen, wie in einen dicken Nebel gehüllt. Jetzt, da er endlich wieder daheim war, schienen einige dieser Erinnerungen lebhafter zu ihm zurückzukehren. Eine Sache, an die er sich erinnerte, war das Gefühl von Heimat, das er in Nimmerland verspürt hatte, und er war überglücklich, zurück zu sein.

„Du wirkst ganz wie zu Hause, Pirat“, sagte Peter lächelnd. „Du scheinst wirklich glücklich zu sein, hier zu sein, glücklicher als alle anderen Erwachsenen, die ich kenne.“ Dann steckte er sich zwei Finger in den Mund, stieß einen lauten Pfiff aus und rief: „Na kommt, Verlorene Jungs, es ist keine Falle!“

Innerhalb von Sekunden hatten sich die Verlorenen Jungs zu James und Peter an Deck des Schiffes gesellt. James war überglücklich, von seinen alten Freunden umgeben zu sein, sein Herz drohte vor Freude über den Klang ihres Gelächters und den begeisterten Ausdruck auf ihren Gesichtern zu platzen. So hatte er erwartet, dass er sich am Tag seiner Ankunft fühlen würde. Dies war der Grund, aus dem er sein Leben mit dem Versuch verbracht hatte, Nimmerland wiederzufinden – um bei seinen Freunden zu sein.

„Selbstverständlich ist es keine Falle, lieber Freund", sagte James, stieß ein gezwungenes Lachen aus und fühlte sich schrecklich schuldig, weil es genau das war. Er hatte keine Angst mehr, dass sein Plan nicht funktionieren könnte, aber es verspürte ein tiefes Bedauern darüber, dass er seine Freunde verraten musste.

„Du erinnerst dich noch an die Verlorenen Jungs", sagte Peter, und noch bevor James sie richtig begrüßen konnte, hatten die kleinen Teufelsbraten sich schon um die Tische mit dem Bankett gedrängelt und alles durcheinandergebracht.

„Wo ist der Kuchen? Uns wurde Schokoladenkuchen versprochen!", rief Slightly und durchwühlte mit Cubby und Tootles den Tisch, wobei sie die Hühnchen hin- und herwarfen, sodass Smee hinter ihnen herhuschen und das Chaos aufräumen musste. James konnte ein Lachen nicht unterdrücken, als er sah, wie Smee die Hühner auffing, die durch die Luft flogen.

„Erwachsene lügen immer! Wir wussten, dass es keinen Kuchen geben würde!“, verkündete Nibs, der die anderen Verlorenen Jungs anstachelte, bis sie alle James mit zornigen Gesichtern umringten.

„Genau, lasst uns verschwinden! Es gibt keinen Kuchen!“, sagten die Waschbären-Zwillinge und stampften auf die Planken, die kleinen Fäuste geballt. „Wir sind für den Kuchen hergekommen!“

„Beruhigt euch, Jungs, beruhigt euch“, sagte James lachend. „Smee! Ich denke, es ist an der Zeit, den Kuchen zu präsentieren!“, rief er dann mit einem Schwung seines Piratenmantels, als stünde er auf einer Bühne und nicht an Bord eines Schiffes.

Smee verschwand in der Kombüse und brachte innerhalb weniger Augenblicke einen gigantischen Schokoladenkuchen heraus, der sogar noch größer war als der, den James von Tiddlebottoms und Butterpants’ Bäckerei für die Verdrehten Schwestern besorgt hatte. Er war über und über mit einer dicken Schokoladenglasur bedeckt, und obenauf thronte eine aus Schokolade geschnitzte Nachbildung der *Jolly Roger.* Es war Smee sogar gelungen, die Totenkopfflagge nachzubilden. Der Kuchen war ein Wunderwerk. Die Verlorenen Jungs warfen Smee beinahe um, als sie sich auf den

Gegenstand ihrer Begierde stürzten, sodass der arme Kerl sich wie ein Derwisch mehrmals um die eigene Achse drehte, bevor er das Gleichgewicht wiederfand.

„Gentlemen, bitte!“, rief Smee und versuchte, Teller zu verteilen, aber die Verlorenen Jungs hatten keine Verwendung dafür. Sie brachen händeweise Stücke aus dem Kuchen und stopften ihn sich gierig in die Münder, nahmen große Bissen aus der Schokoladen-*Jolly-Roger*, bis ihre Hände und Gesichter völlig verschmiert waren. James war so froh, zu sehen, wie viel Spaß seine Freunde hatten, dass er einfach nur lachend dastand und das Schauspiel vor seinen Augen mit dem Gefühl genoss, dass er einen Schritt näher daran war, sich wieder mit Peter und den Verlorenen Jungs anzufreunden. Smee schnitt rasch zwei Stücke Kuchen ab, legte sie auf Teller und brachte sie zu Peter und James hinüber.

„Bitte sehr, die Herren“, sagte er und reichte ihnen den Kuchen.

„Was ist los mit dir? Warum siehst du so nervös aus?“, fragte Peter und musterte Smee misstrauisch.

„Es ist nichts, junger Sir, nur dass …“, stammelte Smee und sah sich fahrig um. „Es ist nur so, dass ein Krokodil das Schiff umkreist … ja, ein Krokodil, und es wäre schrecklich, wenn einer unserer lebhaften Freunde ins Wasser fällt.“

James wusste, dass das nicht der Grund war, warum

Smee nervös wirkte, er war kein sonderlich geschickter Lügner, aber Peter schien nichts zu bemerken.

James hatte so viel Spaß mit seinen Freunden, dass er tatsächlich beinahe vollkommen vergessen hätte, dass der Kuchen mit einem Schlaftrunk versetzt war und sie innerhalb weniger Augenblicke rasch handeln mussten, um Tinkerbell einzufangen und sie in die Vielen Königreiche zu verschleppen.

„Ach, macht euch wegen ihm keine Sorgen. Seine Lagune liegt ganz in der Nähe. Es ist bloß hergekommen, um die Musik zu hören", sagte Peter und aß seinen Kuchen.

„Ja, vielen Dank, Smee. Ich bin sicher, dass die Verlorenen Jungs sich bestens mit allen Kreaturen auskennen, die hier leben, also mach dir keine Sorgen", pflichtete James ihm bei und fragte sich, wo Tinkerbell steckte. Er hatte nicht vorgehabt, den Kuchen vor ihrer Ankunft zu servieren, aber gemessen an der Geschwindigkeit, mit der die Verlorenen Jungs sich den Kuchen in die Münder stopften, würden sie einschlafen, bevor die Fee überhaupt aufgetaucht war. Dann würde sie natürlich begreifen, dass es sich um eine Falle handelte.

„Wo ist deine Feenfreundin?", fragte er Peter, der ihm mit dem Mund voller Schokolade antwortete: „Sie ist da drüben, bei den Meerjungfrauen". James konnte ihr schillerndes Licht zwischen den Meerjungfrauen umherschwirren sehen, während diese zu der Musik der Männer auf der *Jolly Roger* sangen. Mullins, Jukes, Damien Salt und die anderen Männer wirkten, als hätten auch sie die Zeit ihres Lebens, und James fragte sich, ob sie, genau wie er selbst, ihren hinterlistigen Plan völlig vergessen hatten.

„Sie ist mehr als willkommen, sich uns anzuschließen, genau wie die Meerjungfrauen“, sagte James.

„Meerjungfrauen essen keinen Kuchen“, sagte Peter lachend.

„Natürlich nicht, wie dumm von mir. Gibt es etwas anderes, das ich ihnen anbieten könnte? Etwas, das eher ihrem Geschmack entspricht? Ich weiß jedoch mit Sicherheit, dass Feen Süßes lieben. Vielleicht können wir Tinkerbell mit einigen der Petit Fours in Versuchung bringen. Die haben genau ihre Größe.“ James bemerkte, wie Peters Lider schwer wurden. Schon bald würden er und die Verlorenen Jungs einschlafen. Er durfte keine Zeit verlieren. Er wollte sich das Wohlwollen, das er sich an diesem Abend mit seinen Freunden erarbeitet hatte, nicht verspielen und wünschte mehr denn je, es gäbe einen anderen Weg, um sein Ziel zu erreichen.

„Oh ja, sie liebt kleine Kuchen. Gibt es Zitrone? Das ist ihre Lieblingssorte!“, sagte Peter. Dann rief er zu Tinkerbell hinüber. „Tink! Tink! Sie haben kleine Kuchen!“, brüllte er und stieß einen Pfiff aus, damit Tinkerbell zu ihnen herüberflog. James zwinkerte Smee unauffällig zu, sein Zeichen, ein wenig Schlaftrunk über Tinkerbells Kuchen zu sprenkeln, bevor er ihn servierte.

Tinkerbell war so strahlend und frech wie eh und je. Sie war so ein winziges Ding, klein genug, um in einer geschlossenen Hand Platz zu finden, und dreist genug, um wieder daraus zu entkommen.

„Hallo, Tinkerbell, Smee hier wird gleich mit deinem Kuchen zurück sein“, sagte James mit einem Lächeln an die Fee gewandt. „Ich freue mich so, dich zu sehen, euch alle zu sehen, wirklich. Meine Erinnerungen an meine Zeit hier sind ein wenig verschwommen, darum freue ich mich schon darauf, euch alle aufs Neue kennenzulernen. Ich habe jahrelang über euch gelesen, und ich muss gestehen, dass es mir so vorkommt, als wären wir alle bereits gute Freunde.“

Tinkerbell bedachte ihn lediglich mit einem stechenden Blick, eine Hand in die Hüfte gestemmt, und er konnte nicht umhin, sich zu fragen, ob sie wohl ahnte, dass er etwas im Schilde führte. Er wusste, dass sie ihm nicht traute, und damit hatte sie recht – immerhin plante er, sie zu entführen. Gleichzeitig konnte er nicht anders, als sich verletzt zu fühlen, weil sie so empfand, obwohl er nichts getan hatte – jedenfalls nichts, wovon sie wusste –, das ihr Misstrauen gerechtfertigt hätte.

„Peter, ich habe mich schon immer gefragt, warum es keine Verlorenen Mädchen in Nimmerland gibt, sondern nur Verlorene Jungs", wechselte James das Thema und hoffte, dass das auch Tinkerbell von ihm ablenkte.

„Weil Mädchen viel zu schlau sind, um aus ihren Kinderwagen zu fallen", erwiderte Peter lachend.

Tinkerbell beäugte James noch immer. Es schmerzte ihn, dass sie ihm nicht vertraute, und er dachte, dass es letzten Endes vielleicht doch das Beste war, wenn er sie in die Vielen Königreiche brachte. Er wollte nicht riskieren, dass sie seiner Freundschaft mit Peter im Weg stand.

„Ah, sieh mal, hier kommt Smee mit Tinks Kuchen", rief James, als Smee den kleinen Teller auf dem Tisch abstellte. Obwohl die Kuchen für einen Menschen nur die Größe eines einzelnen Bissen hatten, war einer von ihnen bereits mehr als ausreichend für die kleine Tinkerfee. Doch Smee hatte einen regelrechten Berg aus farbenfrohen kleinen Kuchen auf dem Teller aufgetürmt, und James sah, dass er sie mit einer Mischung aus Schlaftrunk und Puderzucker bestäubt hatte, damit Peter und die Fee nichts bemerkten.

„Nun fehlt uns nur noch etwas, das wir deinen Meerjungfrau-Freundinnen als Festmahl hinüberschicken können. Gibt es irgendetwas, womit wir sie in Versuchung führen können?“, fragte James. Er hatte nicht damit gerechnet, dass die Meerjungfrauen auftauchen würden, und musste sich etwas einfallen lassen, um sie ebenfalls einschlafen zu lassen. Ansonsten würden sie mitansehen, wie er in der *Jolly Roger* mit Tinkerbell, Peter und den Verlorenen Jungs davonflog.

Die kleine Fee schnüffelte an ihrem Kuchen, rümpfte die Nase, stampfte mit dem Fuß auf, wodurch Feenstaub aus ihren winzigen Füßen hervorbrach, und deute zornig mit dem Finger auf Smee.

„Der Kuchen ist ganz ausgezeichnet, meine Liebe, das versichere ich dir“, sagte James, aber er wusste, dass Tinkerbell ihm auf die Schliche gekommen war. Sie stemmte die Fäuste in die Hüften und funkelte ihn an.

„Kann Smee dir etwas anderes bringen?“, fragte er noch, aber es war zu spät – Peter und den Verlorenen Jungs fielen im Stehen die Augen zu, und sie begannen zu schwanken. Tinkerbell versuchte panisch, Peter zu wecken, bevor er und die Verlorenen Jungs mit einem dumpfen Schlag auf das Deck fielen.

Tinkerbell flatterte zu den Verlorenen Jungs hin

und versuchte, sie wachzurütteln, aber sie schliefen tief und fest.

„Verfluchte Fee!", murmelte James und rief dann zu Murphy hinauf, der oben im Krähennest mit einem Netz in den Händen auf sein Signal wartete. Das Netz rauschte herunter und begrub Tinkerbell unter sich. Sie wand sich darunter und versuchte verzweifelt, zu entkommen, aber das Netz war zu schwer für die zierliche Fee. James hatte immer noch keine Ahnung, was er mit den Meerjungfrauen anstellen sollte, aber ihm blieb keine Zeit. Er würde sich irgendeine Geschichte einfallen lassen müssen, um zu erklären, warum er Nimmerland in solcher Eile mit ihnen allen an Bord verlassen hatte.

Die Männer unterbrachen ihr Musikspiel und die Feierei und bezogen wie geplant ihre Posten. Doch James wies sie rasch an, weiterzuspielen, damit den Meerjungfrauen nicht auffiel, dass etwas in Gange war.

Er warf einen Blick auf die Uhr und prägte sich die Zeit ein. Er musste sichergehen, dass sie nicht zu viel Zeit verloren, bevor sie die Segel in Richtung der Vielen Königreiche setzten, um dafür Sorge zu tragen, dass Peter und die Verlorenen Jungs während ihrer Reise dorthin und wieder zurück nicht aufwachten. Mit der Hilfe von Tinkerbells Feenstaub sollte ihr kleiner Abstecher rasch vonstattengehen.

Aber dann geschah etwas, womit er nicht gerechnet hatte: Das Krokodil, das Smees Aufmerksamkeit erregt hatte, hatte Gesellschaft von einigen seiner Brüder bekommen, und sie umkreisten das Schiff. Das Krokodil schien nur Augen für James zu haben. Und in diesem Moment wusste er, dass alles schiefgehen würde.

Innerhalb von Sekunden brach um ihn herum das reinste Chaos los. Er war sich nicht ganz sicher, was geschehen war. Zu allen Seiten herrschte wilde Aufregung, und ehe er sich's versah, kamen die Meerjungfrauen, neugierig geworden vom sonderbaren Verhalten der Krokodile, herübergeschwommen, um zu sehen, was an Bord vor sich ging. Als sie Wind davon bekamen, was James und seine Crew getan hatten, schlossen sie sich den Krokodilen an und umkreisten das Schiff. Sie stießen dagegen und brachten es heftig zum Schaukeln. James stolperte und verlor mehrmals das Gleichgewicht, als er an Peter und den Verlorenen Jungs vorbeihastete, die immer noch tief und fest schliefen.

Endlich hatte er Tinkerbell erreicht, die unter dem Netz wie wild zappelte. Er zog das Messer aus seinem Stiefel, durchtrennte das Netz und streckte die Hand nach Tinkerbell aus, die ihm fest in den Finger biss.

„Autsch, du verdammte kleine …“ Sie wurden

beide auf die andere Seite des Schiffes geworfen, als die Meerjungfrauen und die Krokodile es so heftig schüttelten, dass James beinahe ins Meer gestürzt wäre, Tinkerbell fest im Griff. Die Tische mit dem Bankett schlitterten an ihm vorbei und versenkten das Festmahl im Ozean. Mit der freien Hand, in der er nicht Tinkerbell hielt, versenkte er sein Messer in den Planken und klammerte sich daran fest, um nicht selbst über Bord zu gehen.

„Skylights, Jukes und Smee, passt auf die Verlorenen Jungs auf und lasst sie nicht über Bord gehen!“, brüllte James. Er sah sich panisch nach Peter um, konnte ihn aber nirgends entdecken. „Ich glaube, Peter ist über Bord gegangen, jemand muss ihn finden!“, rief er, als das Schiff in eine aufrechte Position zurückschnellte.

Tinkerbell wand sich in James' Hand. Er befürchtete, dass er sie zu fest drückte, aber er fand kein Glas oder einen Behälter oder dergleichen, wo er sie hineinstecken konnte, damit sie nicht davonflog. Er kam sich schrecklich dämlich vor, weil er nicht schon früher daran gedacht hatte. Sie vergrub ihre kleinen Zähne in seiner Haut, wieder und wieder, bis er die Faust schließlich wütend schüttelte. Nun verteilte sich ihr magischer Feenstaub über das ganze Deck des Schiffes und ließ es in die Luft steigen. Alles geschah viel schneller, als er es geplant hatte. Er war noch nicht bereit, das Schiff in die Vielen Königreiche zu fliegen. Er konnte nicht lossegeln, so lange er nicht wusste, ob Peter und die Verlorenen Jungs wohlauf waren. Und was sollte er bloß mit den Meerjungfrauen anstellen, wenn er zurückkam?

„Smee, sind alle da?“, rief James, als sich das Schiff aus dem Wasser hob. Alles war dabei, fürchterlich in die Binsen zu gehen, aber er war fest entschlossen, die Sache durchzuziehen.

„Alle Mann an Deck, alle bis auf Peter. Die Meerjungfrauen suchen jetzt nach ihm“, brüllte Smee. „Sir! Was machen Sie da?“ Das Schiff segelte höher und höher in die Luft. „Was ist mit Peter?“, fragte Smee mit einem Blick über die Reling.

James stürzte an seine Seite, um zu sehen, ob er Peter in der Tiefe erkennen konnte. „Ich mache gar nichts, Smee. Das ist der Feenstaub. Ich glaube, er bringt uns zurück in die Vielen Königreiche.“

„Sorgen Sie dafür, dass es aufhört, Sir!“, rief Smee, der die Augen zusammengekniffen hatte, um zu erkennen, was unter ihnen los war. „Wir können nicht los, ohne zu wissen, dass es Peter gut geht. Und was sollen wir wegen der Meerjungfrauen unternehmen? Sie werden Peter erzählen, was wir getan haben.“

„Das werden sie gar nicht müssen!“, ertönte eine Stimme über ihren Köpfen.

James wirbelte herum und entdeckte Peter, der mit rasender Geschwindigkeit auf ihn zugeflogen kam. Seine Schwertspitze deutete auf James. James hatte Peter noch nie so ernst oder so grimmig gesehen. Es warf ihn aus der Bahn, und verunsicherte ihn zutiefst.

„Du lässt sie jetzt besser gehen, oder ich mache dich einen Kopf kürzer!“, sagte Peter, als er auf dem Deck des Schiffes gelandet war, sein Schwert erhoben und mit todernster Miene. „Tink, Tink! Geht es dir gut?“, rief er dann. Sie antwortete ihm, indem sie James erneut in die Hand biss.

„Autsch!“, entfuhr es James, und er ließ sie los, aber sie war nicht schnell genug. James schaffte es gerade noch, sie wieder aus der Luft zu schnappen. Er fühlte, wie sie in seiner Hand zappelte, während er mit der anderen Peters Schläge abwehrte. Auf einmal fragte er sich, was er da eigentlich tat. Das hier war nicht das, was er wollte. Er hatte alles ruiniert, das sah er in Peters Augen. Er hatte so verzweifelt sein Freund sein wollen – sein bester Freund –, aber jetzt war James sein Feind.

„Peter, wir müssen keine Feinde sein. So sollte das alles nicht laufen. Ich wollte doch nur …“ Aber der Rest seiner Worte erstarb – alles, was er wahrnahm, war Schmerz. Er schoss von seiner Hand aus durch den Rest seines Körpers wie ein Blitz. Ein so blendender, allumfassender Schmerz, dass er glaubte, ohnmächtig zu werden.

Er war nicht einmal sicher, was überhaupt geschehen war, bis er sah, wie seine abgetrennte Hand neben ihm durch die Luft flog, Tinkerbell immer noch fest in ihrem Griff, während sie gemeinsam über Bord und auf das Wasser in der Tiefe zustürzten. Nichts von alldem wirkte real. Nichts war ihm mehr real erschienen, seit er Blackbeard vor dem Kraken gerettet hatte. An jedem anderen Ort wäre er in dieser Sekunde lieber gewesen.

Die Zeit schien sich zu verlangsamen, während James beobachtete, wie die Wasseroberfläche immer näher kam – und die Krokodile, die dort auf ihn warteten –, und er wünschte sich im Stillen, dass er, wenn er sterben würde, irgendwie zu Blackbeard auf den Treibenden Friedhof kam. Doch kurz bevor James in die Lagune stürzte, tauchte die *Jolly Roger* wie aus dem Nichts auf, segelte unter James hindurch und fing ihn auf, bevor er zu den Krokodilen ins Wasser fiel. James' Hand hatte nicht so viel Glück.

„Tinkerbell!", schrie Peter und tauchte einem Krokodil hinterher, das sich das Maul leckte. James fragte sich, ob das Biest die Fee wohl mitsamt seiner Hand gefressen hatte.

Das war das Letzte, was James sah, bevor alles um ihn herum schwarz wurde.

Kapitel XVI

Das Labyrinth der Sehnsucht

James erwachte mehrere Tage später mit zwei Dingen vor Augen: einem Haken, der auf seinem Nachtschrank bereitlag, und der Tatsache, dass er Peter Pans Feind war. Er wollte sie beide nicht.

Smee war es gelungen, die Mannschaft an einen geheimen Teil der Insel zu bringen, den keiner der Verlorenen Jungs je zu betreten wagen würde: das Labyrinth der Sehnsucht. Und das erfüllte James' ohnehin schon verwundetes und furchtsames Herz mit einer durchdringenden Angst.

„Endlich sind Sie wach, Sir", sagte Smee, der an seinem Bett gesessen hatte. Die Sorge stand ihm ins Gesicht geschrieben, seine Augen waren rot und verquollen, und er konnte sie vor Schlafmangel kaum noch offen halten.

„Nimm dieses grässliche Ding weg, Smee. Ich will es nicht sehen", sagte James, angewidert von dem Haken, der auf seinem Nachtschränkchen lag.

„Selbstverständlich, Sir." Smee legte ihn in eine Schublade. „Es wird noch eine ganze Weile dauern, bis Sie ihn tragen können. Nicht, bevor die Wunde abgeheilt ist, aber Jukes hat sich große Mühe gegeben, ihn für Sie anzufertigen."

„Richte ihm meinen Dank aus", sagte James mit einem erschöpften Lächeln.

„Die Männer werden so erleichtert sein, zu hören, dass es Ihnen gut geht. Soll ich Ihnen etwas zu essen zubereiten, bevor Sie hinausgehen und zu ihnen sprechen? Ich habe Ihnen etwas zum Anziehen bereitgelegt, damit Sie auch etwas hermachen, wenn Sie vor Ihre Crew treten. Ich weiß, dass sie sich alle nach ein paar aufmunternden Worten von ihrem Captain sehnen, jetzt, da Sie wieder auf den Beinen sind."

„Ja, das würde auch mir sicherlich guttun. Danke. Ach, und Smee, hat Tinkerbell überlebt?"

Smee lächelte. „Ja, ich glaube, das hat sie, Sir."

Nachdem Smee die Kajüte verlassen hatte, entledigte James sich seines Nachtgewands und legte seine Piratentracht an. Smee war es gelungen, das Blut aus dem Ärmel seines Hemdes und seines Gehrocks zu waschen. Und er hatte sogar seinen Hut gerettet, mit intakter Feder. Nachdem er sich angekleidet hatte, ging James zu seinem Schreibtisch, in dem er Lucindas magischen Spiegel und die Stiefelschnallen aufbewahrte. Er öffnete seine Schublade, nahm die goldenen Schnallen heraus, die Blackbeard ihm hinterlassen hatte, und befestigte sie an seinen schwarzen Stiefeln.

Vielleicht hätte er seine Hand nicht verloren – oder seine Freunde –, wenn er sie getragen hätte, als er versucht hatte, Tinkerbell zu entführen. Nun, er würde sich nicht noch einmal von einem seiner anderen Freunde trennen, sondern Blackbeards Andenken ehren, indem er die Stiefelschnallen trug, die der berühmte Pirat ihm geschenkt hatte. Außerdem würde er Smee immer an seiner Seite haben. Zumindest das war ihm geblieben.

Es überraschte ihn nicht, dass Lucindas Gesicht ihn bereits in dem Spiegel erwartete. Eine Welle der Angst brach über ihn herein, als er sah, wie sie ihn aus ihren grausamen, durchtriebenen Augen heraus musterte.

„Hallo, James."

„Alles ist schrecklich schiefgelaufen. Es ist mir nicht gelungen, Tinkerbell einzufangen."

„Ich würde sagen, alles ist genau richtig gelaufen." Lucinda lachte und wirkte nicht im Mindesten überrascht, diese Neuigkeiten zu erfahren.

„Bei dem Versuch, Tinkerbell für Euch einzufangen, habe ich meine Hand an Peter verloren. Und jetzt wissen Peter und die Verlorenen Jungs, was ich geplant hatte. Ich weiß nicht, wie ich die Fee jemals wieder in die Finger bekommen soll." James spürte das erdrückende Gewicht seines Versagens wie einen Anker, der ihn unter Wasser zog.

„Wir wissen alles, James. Wir wissen von Eurer Hand und dem Krokodil, und wir wissen, dass Peter und die Verlorenen Jungs Euch hassen. Es steht alles im Buch der Märchen geschrieben. Alles geschieht so, wie es vorherbestimmt wurde“, sagte Lucinda. Ihr Gesicht zuckte und verzerrte sich. Sie sah aus, als versuchte sie, eine unsichtbare Person zu vertreiben. Als holte sie mit den Händen nach ihr aus. James war erschöpft und verfügte nicht über die Geduld, sich mit Lucindas Wahnsinn auseinanderzusetzen. Alles, was er sich in diesem Moment wünschte, war, zu sterben.

„Und jetzt ist dieses Krokodil auf den Geschmack Eures Blutes gekommen“, ertönte eine Stimme aus dem Spiegel, die nicht Lucinda gehörte. Es war gespenstisch, eine Stimme zu vernehmen, die wie ihre klang, aber nicht über ihre Lippen kam. Er war gefangen in einem Albtraum, eingesperrt mit diesen unerträglichen Frauen, außerstande, zu entkommen.

„Wer ist da? Wer spricht? Was soll das heißen, es ist auf den Geschmack meines Blutes gekommen?“, fragte er und sah erneut an seinem Arm hinab. Angst und Panik in seinem Inneren drohten ihn zu überwältigen.

„Zumindest werdet Ihr das Biest hören, wenn es sich nähert. Eure Hand ist nicht das Einzige, was das Krokodil in jener Nacht gefressen hat. Auch unsere Uhr tickt in seinem Bauch“, sagte eine dritte Stimme aus dem Spiegel, die ebenfalls nicht von Lucinda stammte.

„Dann hattet Ihr also nie vor, mir meinen sehnlichsten Wunsch zu erfüllen, habe ich recht?“, fragte er mit Blick auf seinen verstümmelten Arm. „Circe hat mich gewarnt, dass meine Verluste zahlreich sein würden, wenn ich hierherkomme. Ich hätte auf sie hören sollen.“

„Ja, James, Ihr hättet auf Circe hören sollen. Sie ist der Wahrheit verpflichtet. Ich bin das nicht“, sagte Lucinda.

„Also bin ich für immer hier gefangen. Und alles war umsonst.“

„Nein, James, Ihr wart uns eine große Hilfe. Ohne Euch wäre es uns nie gelungen, die Brosche, die Ohrringe und das Buch nach London zu bringen. Als Blackbeard uns betrog, indem er unsere Schätze für sich behielt, wussten wir, dass Ihr es sein würdet, der uns dabei helfen musste, unsere Reichweite in die Welt der Sterblichen auszudehnen.“ In Lucindas Lachen mischte sich im Spiegel noch mehr Gelächter. Es mussten ihre Schwestern sein, die Verdrehten Schwestern, von denen James bei so vielen Gelegenheiten gehört hatte.

„Zumindest eines Eurer Versprechen Blackbeard gegenüber habt Ihr eingehalten. Ihr habt Euren Piratennamen gefunden, *Captain Hook*“, sagte Lucinda, und ihr Gelächter erschallte noch lauter, gemein und voller Verachtung.

Er ließ seine Faust wieder und wieder auf das Holz niedersausen, während der Klang des Gelächters der Verdrehten Schwester immer stärker anschwoll und seine Gedanken durcheinanderwirbeln ließ.

„Ich wünschte, ich könnte mit Circe sprechen“, sagte er und ließ verzweifelt den Kopf hängen. „Ich wünschte, ich könnte ihr sagen, wie unendlich leid es mir tut, dass ich sie hintergangen habe. Ich wünschte, sie wäre jetzt hier.“ Tränen strömten ihm über die Wangen, als er das sagte.

„Ich bin hier, James“, erklang die vertraute Stimme. James sah auf und entdeckte nun Circes Gesicht im Spiegel. Sie wirkte überirdisch und bezaubernd und erfüllt von einer unsagbaren Trauer.

„Circe? Seid Ihr bei Euren Müttern? Habt auch Ihr mich verraten?“

„Nein, James. Ihr müsst den Spiegel gebeten haben, mich zu sehen“, erwiderte Circe. „Ich hatte Euch davor gewarnt, meinen Müttern nicht zu vertrauen.“

James sah, dass sie aufrichtig für ihn trauerte.

„Oh, Circe, wie soll ich nur jemals wieder nach Hause gelangen? Alles ist so falsch gelaufen, so sollte es nicht geschehen.“

„Es *sollte* genau so geschehen, wenn es nach meinen

Müttern geht. Ich wünschte, Ihr hättet die Möglichkeit ergriffen, die ich Euch angeboten habe, um Euer Schicksal zu ändern, James. Ich habe Euch gesagt, dass Ihr in Nimmerland nichts als Verlust und Kummer finden würdet, und dennoch habt Ihr dieses Schicksal gewählt. Ihr habt Euch entschieden, meinen Müttern zu glauben, und ich bedaure Euer Schicksal wirklich zutiefst." Sie sah aus, als wollte sie durch den Spiegel greifen und ihn trösten, und James wünschte von ganzem Herzen, es würde ihr gelingen.

„Sie haben mir versprochen, mich wieder jung zu machen, Circe, einen Verlorenen Jungen aus mir zu machen. Ich musste es versuchen. Ihr wisst, dass das mein sehnlichster Wunsch war."

„Meine Mütter haben gelogen, James. Die einzige Person, die Euch diesen Wunsch erfüllen kann, ist Peter", sagte Circe.

„Peter? Warum habt Ihr mir das nicht gleich gesagt? Ich hätte ihn einfach fragen können? Alles, was ich mir je gewünscht habe, war, sein Freund zu sein."

„Ich konnte mich nicht dazu durchringen, Euch das Herz zu brechen, James. Peter wollte nie, dass Ihr ein Verlorener Junge werdet. Er war es, der damals dafür Sorge getragen hat, dass Ihr vor all diesen Jahren zurückgefordert wurdet. Er war der Grund, aus dem Ihr Nimmerland verlassen musstet. Oh, wie sehr ich wünschte, Ihr hättet Euch mit mir auf den Handel eingelassen, wie Ihr es versprochen hattet. Mit meinem Zauber hättet Ihr Euer Schiff an jeden Ort fliegen können, nach dem Euch der Sinn stand. Ich hatte gehofft, dass Ihr, sobald Ihr in Nimmerland angekommen wärt, erkannt hättet, dass es dort kein Leben für Euch gibt und dass Ihr zurück in den Wald der Toten gekommen wärt, um mit uns zu leben. Ich habe so verzweifelt versucht, nicht nur Euer Schicksal zu verändern, sondern auch das von so vielen anderen, aber wie es scheint, bin ich einmal mehr gescheitert."

Circe wirkte untröstlich und James sah, wie hilflos sie sich angesichts seines Kummers fühlte.

„Könnt Ihr mein Schiff nicht jetzt verzaubern und es zurück zu Euch oder nach London bringen?", fragte James.

„Ich wünschte, ich könnte es. Aber Eure einzige Hoffnung, jetzt noch zurückzukehren, ist Tinkerbells Feenstaub."

„Wollten Eure Mütter Tinkerbell überhaupt, oder war auch das nur eine Lüge?"

„Sie wussten, dass Peter alles tun würde, um sie zu beschützen, und sie hatten Peter einen Feind versprochen. Den hat er jetzt. Euch."

„Dann stecke ich hier fest, für immer, genau wie ich es mir gewünscht habe. Eure Mütter werden das höchst amüsant finden", bemerkte er voll beißendem Hohn.

„Ja, ich wage zu behaupten, dass sie das werden", sagte sie, während ihr Blick nach links wanderte, ganz so, als versuche sie, etwas zu hören. James konnte es ebenfalls hören. „Was ist das für ein Geräusch?", fragte Circe.

„Wir befinden uns in der Nähe des Labyrinths der Sehnsucht. Was Ihr da hört, sind todunglückliche Mütter, endlos auf der Suche nach ihren verlorenen Söhnen", sagte James und erinnerte sich an die Geschichte, die die Meerjungfrauen ihm erzählt hatten.

„Und was geschieht, wenn diese Mütter ihre Söhne finden?", fragte Circe.

„Dann bringen sie sie nach Hause", sagte James langsam, dem plötzlich eine Idee gekommen war.

„Nein, James, wartet", sagte Circe, die seine Gedanken gelesen hatte. „Es gibt da etwas, das Ihr wissen müsst, etwas, das ich Euch hätte erzählen sollen, als Ihr …" Aber bevor sie noch ein weiteres Wort sagen konnte, hatte James die Schublade zugeworfen und entschieden, was er tun musste.

***

Das Labyrinth war ein trostloser Ort, verhangen von einem dichten Nebel, voller geisterhafter, schwarz gekleideter Frauen, die leere Kinderwagen vor sich herschoben. Jedes Mal, wenn James einer dieser Mütter begegnete, blickte sie zu ihm auf, die Augen voller Hoffnung, die in dem Augenblick zerschlagen wurde, da sie erkannte, dass sie ihren Sohn nicht gefunden hatte. James meinte jetzt zu verstehen, wie das Labyrinth funktionierte. Diese geisterhaften Frauen waren die Verkörperung des Kummers der Mütter. Man stelle sich vor, dass jemandes Kummer so groß wird, dass er außerhalb des Körpers leben muss, dass er zu einem eigenen Wesen wird, das in den Nebeln umherwandert und nach dem Einzigen sucht, das sein gebrochenes Herz heilen kann. Er war sich nicht sicher, wie diese trauernden Geister ihren Weg in das Labyrinth gefunden hatten, konnte sich aber vorstellen, dass sie von der Gegenwart ihrer Söhne angezogen worden sein mussten. Und wenn eine dieser geisterhaften Mütter ihren Sohn in dem Irrgarten fand, dann musste sie irgendwie in der Lage sein, ihn wieder nach Hause zu bringen, so wie seine Mutter es vor all diesen Jahren mit ihm getan hatte. Er bezweifelte, dass seine Mutter sich daran erinnerte, dass dies je geschehen war, und schrieb diesen Umstand der Magie von Nimmerland zu. Eine andere Erklärung wollte ihm nicht einfallen.

Stundenlang durchstreifte er das Labyrinth, rief wieder und wieder nach seiner Mutter, in der Hoffnung, dass sie ihn auch dieses Mal finden würde. Seine Stimme wurde allmählich heiser, sein Herz schwer. Er war erschöpft und durchgefroren, und seine Wunde hatte sich wieder geöffnet und blutete stark, aber es kümmerte ihn nicht. James hatte beschlossen, dass dies der Ort war, an dem er sterben würde. Er ließ sich zu Boden sinken, Tränen der Verzweiflung auf den Wangen, und rief nach Circe. Aber sie konnte ihn nicht hören. Er hatte den magischen Spiegel nicht bei sich. Er würde einsam sterben.

Und da sah James ihn, Peter Pan, der einen kleinen Jungen in das Labyrinth führte.

„Ja, geh einfach da lang, deine Mutter wird dich finden", sagte Peter und wuschelte dem Jungen durchs Haar, bevor dieser in den Irrgarten rannte, augenscheinlich glücklich, wieder nach Hause gehen zu dürfen. James konnte die glückliche Wiedervereinigung von Mutter und Sohn im fernen Nebel hören, und ein winziger Hoffnungsschimmer durchdrang sein Herz, dass er seine Mutter doch noch finden könnte.

„Ich bin überrascht, dich hier im Labyrinth zu sehen", sagte James zu dem verblüfften Peter. „Hast du keine Angst, zurückgefordert zu werden?"

Peter grinste bloß auf seine verschmitzte Art und

schüttelte den Kopf. „Keine von unseren Müttern ist hier, James. Sie sind beide schon lange nicht mehr am Leben", erwiderte er.

Und James erinnerte sich wieder daran, dass die Zeit in den verschiedenen Welt anders verlief. Er war nun schon so lange in Nimmerland, dass seine Mutter gestorben war.

„Dann bin ich wahrhaftig allein", sagte er.

„Du bist nicht allein. Du hast Mr. Smee und deine Bande von Piraten."

Aber das war James kein Trost. Er fühlte sich sogar noch schlechter, als ihm bewusst wurde, dass er seinen Freund Smee dazu verdammt hatte, für immer in Nimmerland festzusitzen.

„Warum wolltest du nicht, dass ich ein Verlorener Junge werde, Peter? Warum war ich nicht gut genug?", fragte James.

„Weil wir einen Piraten brauchten. Jemanden, der unsere Abenteuer noch spannender macht, den Einsatz erhöht, und jetzt haben wir genau das", sagte Peter und erhob sich in die Lüfte, als schwebte er auf seinem eigenen Gelächter.

„Wie hättest du damals schon wissen können, dass aus mir ein Pirat werden würde, wenn du mich fortschickst?" Doch James war sich sicher, dass er die Antwort auf diese Frage bereits kannte.

„Vor langer Zeit bin ich bei einem meiner Abenteuer zwischen den Welten auf die Verdrehten Schwestern getroffen. Im Austausch für meinen Schatten habe ich ihnen ein wenig von Tinks Feenstaub gegeben. Dabei habe ich von dir erfahren, und wie alles, was geschehen soll, bereits geschrieben steht. Und wer bin ich, mich gegen Feengeschichten zu stellen?“

Am liebsten hätte James geschrien. Er wollte wüten, verstümmeln und morden. Er wollte all das sein, was ein Pirat sein sollte. Er wollte Rache an den Verdrehten Schwestern und an Peter Pan für die Zerstörung seines Lebens.

„Sei nicht traurig, James. Uns stehen so viele Abenteuer bevor. Schon bald werde ich drei Geschwister hierherbringen, die Darlings aus London. Ich habe schon seit einer ganzen Weile ein Auge auf sie geworfen. Mit ihnen und deiner Piratenbande wird es hier richtig aufregend, warte nur ab“, sagte Peter lachend und schlug Purzelbäume in der Luft. „Und dann ist da natürlich noch das Krokodil.“ Peter grinste.

„Wo? Ist es hier?“, fragte James und sah sich panisch um. Er erkannte sich selbst nicht wieder. Er war voller Furcht und Zorn, und mit jedem von Peters Worten spürte er, wie beides weiter und weiter in ihm wuchs und alles, was er an sich selbst schätzte, beiseiteschob, weil für James einfach kein Platz mehr blieb.

„Oh ja, das wird ein Spaß! Willkommen im Nimmerland, *Captain Hook.*" Und damit flog Peter hoch in die Luft, fort aus dem Labyrinth und schließlich außer Sicht.

Captain Hook wurde klar, dass sie alle recht gehabt hatten. Man kann Feengeschichten nicht verändern, ganz gleich, wie sehr man es auch versucht. Es war ihm nie bestimmt gewesen, ein Verlorener Junge zu sein. Sein Schicksal war es schon immer gewesen, ein Pirat zu werden. Der Bösewicht.

Wenn Peter einen Gegenspieler haben wollte, dann sollte er ihn bekommen.

Hook wusste, was er tun musste.

Peter Pan töten.

Epilog

Circe stand in der Spiegelkammer vor dem zerbrochenen Spiegel, der sich in drei Teile gespalten hatte, und verlangte, ihre Mutter zu sehen. Sie war so voller Zorn, dass es ihr Angst machte.

„Ich bin hier, Tochter. Ich nehme an, du hast erfahren, dass Hook und du nicht in der Lage wart, seine Geschichte umzuschreiben."

Lucindas Gesicht erschien in jeder zerbrochenen Scherbe des Spiegels und erinnerte Circe an früher, als sie noch drei Mütter gehabt hatte statt einer. Sie vermisste Ruby und Martha und sehnte sich nach der Zeit, als sie alle in der Zwischenzeit vereint gewesen waren.

„Ich dachte, dich wieder ganz zu machen und den Schaden zu heilen, den deine eigene Mutter dir angetan hat, indem sie dich in drei teilte, würde dich wiederherstellen, Mutter. Aber wie ich sehe, bist du immer noch so grausam und fehlgeleitet wie eh und je. Uns wurde die Wahl gelassen. Warum hast du sie weggeworfen?", fragte Circe, die nicht verstand, warum ihre Mutter sie aus der Zwischenwelt verbannt hatte.

„Und was für eine Wahl war das, Tochter? Für immer in der Zwischenwelt zu verweilen, hinter den Schleier zu gehen und unser Leben nach dem Tod mit unseren Vorfahren zu verbringen, die uns verraten haben, oder zu dem hier zu werden? Und du hast diese Entscheidung für mich getroffen, nicht wahr? Die Entscheidung, Martha, Ruby und mich wieder zusammenzufügen. Diese Wahl lag nicht bei dir. Darum haben wir dich verbannt! All das für die kindische Vorstellung, dass ich wieder ganz sein würde – und wir alle zusammen eine glückliche Hexenfamilie. Ich werde niemals ganz sein. Meine Seele wurde bereits so viele Male zerrissen, dass ich nie wieder einfach nur Lucinda sein kann. Ruby und Martha leben in mir weiter. Sie sind in mir, so wie wir in *dir* sind", sagte Lucinda und zuckte mit dem Kopf, als versuchte sie, einen aufdringlichen Gedanken abzuschütteln.

Circe war sicher, dass Ruby und Martha ihren Stimmen ebenfalls Gehör verschaffen wollten.

„Wir sind so neugierig, unsere Tochter, hast du James' Stiefelschnallen verflucht?" Die Stimme gehörte zu Ruby, und es machte Circe ängstlich und traurig zugleich, ihre Stimme zu hören, sie aber nicht sehen zu können. Sie sah nur Lucindas Gesicht, das sie anstarrte. Ihre Mütter würden nie erfahren, wie schwer sie an ihrer Schuld trug, sie wieder zusammengefügt zu haben. Als sie es tat, wusste sie, dass sie Ruby und Martha nie wieder sehen würde. Aber damals hielt sie es für die einzige Möglichkeit, ihre Mütter zu retten und ihren Verstand zu bewahren. Die einzige Möglichkeit, sie in die Welt der Lebenden zurückzubringen.

„Ich würde nicht von einem Fluch sprechen. Ich habe sie nur mit einer gesunden Portion Angst getränkt", sagte Circe, außerstande, sich dem Ausdruck von tiefer Befriedigung auf dem Gesicht ihrer Mutter zu stellen.

„Sieh an, die große und gütige Circe, die Angstflüche ausstößt, in der Hoffnung, dem armen James Furcht ins Herz zu säen."

„Ich hatte gehofft, es würde ihn davon abhalten, nach Nimmerland zu gehen. Ich hatte gehofft, es würde ihn vor euch retten", sagte Circe.

„Hast du ihm gesagt, was Nimmerland in Wahrheit ist? Dass er und seine Piratenfreunde ihre Schlacht mit dem Kraken nicht überlebt haben?"

Circe hasste es, wie viel Genugtuung ihre Mutter bei dieser ganzen Geschichte empfand, aber sie schluckte ihre Wut hinunter und verdrängte sie tief in ihr Innerstes, obwohl sie wusste, dass es gefährlich war, dies zu tun. Doch andernfalls hätte sie in den Spiegel gegriffen, ihre Mutter herausgezerrt und alldem endlich ein Ende bereitet. Aber sie wusste, dass dies dem letzten Bruch ihrer bereits gesprungenen Seele gleichkäme.

„Ich hätte es ihm erzählen sollen, als er zu mir in den Wald der Toten kam. Darum haben wir versucht, ihn zum Bleiben zu bewegen."

Lucinda lachte. „Genau wie es geschrieben steht. Aber es ist alles miteinander verflochten, nicht wahr? All diese Geschichten. Eine könnte ohne die andere nicht geschehen. Und dank dir wird Hook der feige Pirat sein, der ihm zu sein bestimmt war, ein ewiges Spielzeug für Peter und seine Verlorenen Jungs. Für immer verloren in Nimmerland."

ENDE